髪結い乙女の嫁入り 二

迎えに来た旦那様と、神様にお仕えします。

しきみ彰

富士見L文庫

目次

CONTENTS

序章

その男たちが帝都に入ったのは、春祭りの後だった。

なぜやってきたのか。簡単だ。

『梅之宮《うめのみや》家の現人神《あらひとがみ》が春祭りにて活躍した』という報告を受けたためである。

自らの家の現人神が周囲に認知されること自体は、喜ばしきことだ。だが同時に、彼女たちがこれ以上力をつけてしまうのだけは避けたかった。


――だってそうでないと、〝わたしたちのかみさま〟を思う通りに操れないから。


それは困る。困るのだ。だって男たち――本家の人間に追従する、通称『本家派《ほんけは》』に属する、分家筋の中でも上位に位置する彼ら――にとっての〝かみさま〟は、そういう、自分たちにとって都合のいいものでしかないから。

だから男たちは望む。〝かみさま〟に望む。素直であれ、純真であれ、純粋であれと。いと高く崇高でありながらも、欲にまみれることなく誉れ高くあれと。

そして同時に、自分たちにとって扱いやすくあれと。

そう願うからこそ、男たちは今まである程度、現人神のわがままを聞いてきた。そういうふうな仕組みを作って、それを実践し続けてきた。

もしそうでないのなら、分家筋の中でも下位から生まれた現人神を、こんなにも大事にするものか。

表の世界では血統が家庭内での格を決めるのに、神族にとってはただ『現人神』として目覚めたことと、その『現人神』に愛されることのみで家庭内の序列が決まる。そのことに対して不満がない人間などいはしない。

それでも、腹の底から湧き上がってくる理不尽さをある程度許容できているのは、それ相応の見返りがあるからだ。

だがこれ以上、力をつけられるのは困る。力というのは大きければいいというものではないのだ。

自分たちが恩恵を受けられる程度には力が強く。しかし反抗してきた際に、こちらが対応できないなんてことはない程度には精神は脆《もろ》くあってもらわなくてはならない。

それに。

「美幸《みゆき》様も斎様も素直な方々でしたし、きっと少し邪魔をすればいいだけでしょう」

「北の族長の下で修業を積みたい」だとか「帝都に行って見聞を広めたい」だとか、多少なりともわがままなところがある二人だったが、それでも。本家に従う彼らが我慢ならないなんていう状況になったことは、ただの一度もない。だから男たちは未《いま》だに、二人のことを上手《うま》く操作出来ていると思っていた。

特に本家派が好んでいるのは斎《いつき》のほうで、彼は昔から実に素直で面倒のかからない青年だった。

それに、本来であれば下々の者がやるような雑務にも手を貸してくれる。親切で心根の優しい——とてもとても愚かな青年だった。だから本家派は、美幸よりも彼に従っているように生きてきた。だって斎はいつだって、男たちの欲求も要求も満たしてきたのだから。

そして男たちがここに来る前に本家の人間から言われたことは、美幸たちがこれ以上力をつけないように邪魔をしろ、ということだった。だから何か行動するなら、彼らが活躍するような機会を減らしてやるだけでいい。

そして帝都に来てから調査を進めて二週間ほど。男たちは一つ、使える噂《うわさ》を手に入れた。

それは、女学生の間で流行《はや》っているらしい、ある遊びについてだ。美幸が通う女学校でも話題になっているようだ。それを利用すれば、さほど労力がかからずに異界から『人ではないモノ』を呼び出すことができる。

「これを上手く使えば、お二人の名声をある程度落とすことができるな」

それに手を出す相手は、髪結い師だった。それも危害を加えるわけではない、少し心に傷でも負って、大人しくしておいてもらうだけだ。

いくら髪結い師が現人神にとって重要な存在とはいえ、神族でもない部外者。美幸たちの逆鱗《げきりん》に触れることはないだろう。

それが終われば、男たちはようやく北の里に帰れる。美幸たちも帰郷するので、監視する必要もなくなるのだ。そろそろこの、有象無象の人間どもしかいない場にも嫌気が差してきていたから、ちょうどよかった。

神族は、選ばれた民だ。神に認められ、神と交わり、神に優遇されることを約束された人間の中の最高峰。

だから男たちは、華やかで流行の発信地とされる帝都よりも、神族たちが隠れ住む自身たちの里にいることを好んだ。

それに、これが終われば本家から褒美も出る。

金、高価な料理、贅沢《ぜいたく》な生活、そして美しい女。

待ち受ける望んだものに男たちは笑みを浮かべ——そして作戦を実行に移すべく、裏で準備を始めたのだった。

一章　髪結い乙女、恋に惑う

春も終わり、帝都に初夏がやってきた。

この時季と言えば、難点なのは梅雨である。

毎日のように雨が降る上に、熱気によって雨が水蒸気へと変わり、何をしていなくてもじっとりと汗をかいたような気持ち悪さに襲われるのだ。衣服も肌に張り付くようになるため、大変不愉快な気持ちになる。

また絶え間なく雨が降ると着る物が汚れる。それなのに洗濯物が干せないし、室内に干したとしても乾きにくいのだ。そのため、外出しようという気が失《う》せる時季だった。

かといって、家にいてもじっとりとした暑さからは逃れられない。それもあり、道を歩く帝都民もうつうつとした空気を身にまとっていた。

──その一方で。

帝都に屋敷《やしき》を構える由緒正しき華族の家柄である梅之宮《うめのみや》家、その洋館では、明るい笑い声が響いていた。

今日も今日とて雨模様だが、そんなものなどなんのその。華族令嬢とされる少女のはつらっとした笑い声は、梅雨の空気すら弾《はじ》くように軽やかだ。それが三人ともなれば、なおのこと。

そして、その少女たちのうちの一人・梅之宮美幸《みゆき》を主人と仰ぐ梅景華弥《うめかげかや》も、釣られて明るい気持ちになっていた。

美幸の専属髪結い師として働く彼女は、しかし屋敷の人手不足ということもあり、本日は三人のそばにつくことになっている。何かあったときにすぐに対応できるからだ。その傍らで少女たちの会話を聞いていた。

そんな彼女たちのもっぱらの話題は、『最近の流行り』についてである。

「ねえ、お二人とも。『狐狗狸《コックリ》さん』って知っていらっしゃる？」

そう言うのは、子爵令嬢の才野木琴葉《さいのきことは》だった。

それを受けて首を傾《かし》げたのは、彼女の幼少期からの友人、伯爵令嬢の高重絹香《たかしげきぬか》である。

「それはいったいどういうものですの？　わたし、聞いたことがございませんけど」

「あら、女学校で流行っているのよ？　五銭か十銭硬貨を用意してね、机の上に『はい、いいえ、鳥居、男、女、零から九の数字、五十音表』を書いた紙を置いて、参加する方全員の人差し指を硬貨に乗せるの。そして『狐狗狸さん、狐狗狸さん、おいでください』って呼びかけて質問をすると、硬貨が勝手に動いて質問に答えてくれるんですって！」

「……いやだ、それって怪談じゃないの！」

絹香がぶるりと体を震わせ、嫌そうな顔をする。それを聞いた琴葉はくすくすと笑った。

「絹香さん、怪談苦手ですものね」

「そ、そんなことはないけれど……！」

言葉では否定しているが、声が震えている。どうやら図星のようだ、絹香は怖い話が苦手らしい。

話を持ち出した琴葉は、楽しそうに笑いながら「でも暑いんですもの、そんな時季には、怪談がぴったりでしょう？」なんて言っていた。

高重様は確か、可愛《かわい》らしいものがお好きなようだし……見た目よりもずっと怖がりなのかもしれないわね。

吊《つ》り目で気が強そうに見える絹香だが、どちらかというとおっとりした様子の琴葉のほうが度胸があり、好奇心旺盛な性格をしている。華弥が彼女たちと会うのは片手の指で数えられるほどだったが、その時点で既に性格というのが見えて面白いと感じた。

その一方で、美幸は首を傾げる。

「お話を聞いた感じですと、指を添えている誰かが、面白がってこっそり動かしているだけなのではありませんか？　それならば動いて当然ですし」

「そ、そうよね！　勝手に動くなんて怪しいですもの！　美幸さんの仰《おっしゃ》る通りだわ！」

「あら、でも質問したことを知っているのは本人だけなのに、『狐狗狸さん』はお答えできたらしいわ」

「ひっ」

「それが本当なら、『狐狗狸さん』が実在するということでしょう？　面白いと思わない？」

「思いません！」

ぶんぶんと、首を勢いよく横に振って拒絶する絹香。その表情は本気で嫌がっているときのものだった。しかし琴葉は完全に面白がっているようだ。

さすがに、高重様が気の毒になってきたわね……。

友情の延長ではあるだろうが、せっかくの楽しいお茶会で一人震えている絹香は少し不《ふ》憫《びん》だった。そのため華弥は、別の使用人が持ってきた茶菓子と新しい茶を受け取ったのをきっかけに、口を開いた。

「ご歓談中に失礼いたします、新しいお茶とお茶菓子を持って参りました」

「わあ！　これ、チェリーね！」

「はい。桃のチェリーです。我が家の料理長が作りましたので、ぜひ」

桃を裏ごしし、水でふやかしたゼラチンと卵の白身を混ぜて作った洋菓子だ。涼やかな見た目をしているため夏にぴったりだからと、料理長がわざわざ冷やしておいてくれた。

それと冷たい緑茶を出せば、少女たちは目を輝かせる。

硝子《ガラス》の器に盛られたそれを匙《さじ》ですくい、一口。

「ん～！　冷たくて美味《おい》しいわ！」

「本当ね……落ち着くわ」

「わたくしもこれ、とっても好きだわ。華弥、晴信《はるのぶ》に礼を伝えて頂戴」

「承りました、美幸様」

すると、美幸がこっそり華弥に耳打ちしてくる。

「……それと、雰囲気を変えてくれてありがとう、華弥。貴女《あなた》の気遣いにはいつも感謝しているわ」

それが絹香の件だと気づいた華弥は、内心笑った。

むしろそんな細かな点にまで気づかれるなんて。美幸様は本当にすごいわ。

そしてだからこそ、もっと尽くしたいと思ってしまうのだろう。そう思いながら、華弥は会釈する。

「……いえ。ですが、お役に立てたようならば何よりです」

そう言って、華弥は古い茶を下げるために洋館の台所まで向かった。そして厨房《ちゅうぼう》の入口で声をかける。

「すみません、晴信さん。こちら、洗っておいてもらえますか？」

「分かりました」

そう言いながら厨房から顔を覗《のぞ》かせたのは、五十代ほどの男性だった。

彼こそ、梅之宮の厨房を預かる料理長、晴信だ。

「お客様にも好評でしたよ、美幸様も美味しいと仰って……晴信さんにお礼を伝えて欲しいと頼まれました」

「それは料理人冥利に尽きますね」

そう言い、照れたように笑う姿に、華弥もつられて笑う。

一見寡黙そうな晴信だが、笑うと柔らかい雰囲気がある人だ。それでいて、華弥が嫁いできた翌日から歓迎の意味を込めて豪華な料理をふるまってくれるような、お茶目な一面もある人である。

また屋敷内で最も古く美幸に仕えているということもあり、美幸を含めた全員から祖父のように慕われていた。華弥も彼のことが大好きだ。

そんな晴信は、頰を搔《か》きながら言う。

「ですがやはり、洋菓子というものは難しいものですね……洋館は厨房の勝手も違っていて、未だに慣れません。本邦菓子であれば、まだ扱いやすいのですが……」

本邦菓子というのは、練りきりや大福といった、この国ならではの菓子のことだ。

「本邦菓子だって難しいですよ。それなのになんでもお作りになられるのは、本当にすごいと思います」

「はは。いや、わいにはそれくらいしかできませんので……美幸様はいつも、我慢ばかりなさっていますからね」

晴信がこう言う理由は、美幸の特異性にあった。

——神族。

彼女は、一見すると普通の少女だが、神の血を受け継ぐ者の末裔《まつえい》なのだ。彼らは古くからこの地に根差し、特異な力により陰ながらこの国を支え守ってきた。

そして神族、と呼ばれる血族の中で、七歳までに能力を開花した者を、その家では『現《あら》人神《ひとがみ》』として奉り大切にする。

そして美幸は、梅之宮家の『現人神』だった。

現人神だから、お食事も決められたものしか食べられないのよね……。

その決められたものは、食材もそうだが作り手も関係している。現人神が食べる食事は神饌《しんせん》と呼ばれる捧《ささ》げ物の一種だからだ。そして神饌の質により、より神力を高めることができる。だから美幸は外食ができないのだ。

なので女学校でも、彼女は毎回晴信が作った弁当を持って通学している。

晴信はそのことを気にして、よく洋菓子や洋食を作っている。それは帝都という場所に少なからず憧れを持つ美幸を気遣ってのことだろう。その心配りに嬉《うれ》しさと同時に寂しさを感じながら、華弥は微笑《ほほえ》むしかできなかった。

すると、晴信が笑う。

「すみません、話し込んでしまいましたね。どうぞ、美幸様の元へお戻りください」

「はい」

「あ、そうです。冷蔵箱に二つ、チェリーを冷やしてありますから、ご令嬢方がお帰りになりましたら是非、斎《いつき》さんとお食べください」

「分かりました。ありがとうございます、晴信さん」

そう言い残し、華弥は美幸たちの元へ戻ったのだった。


客間に戻れば、先ほどとは違い全員の明るい声が響いていた。その様子から華弥は、絹香が嫌がっていた『流行の話題』が過ぎ去ったことを悟る。

お菓子休憩を挟んだおかげかしら。よかったわ。

そう思っていたのも束《つか》の間、戻ってきた華弥の元に視線が一気に集中するのが分かった。

「華弥さん！」

「は、はい⁉」

「華弥さんと旦那様の馴《な》れ初《そ》め、教えてくださらない⁉」

「……はい？」

詳しい事情を聞けば、どうやら話題はあれから『恋』に関してのことに変わったようだ。

そもそも『狐狗狸さん』という遊びも、どちらかといえば女学生間の悩み——特に色恋沙汰に関しての質問が当たることが多かったからこそ、ここまで人気が出たらしい。

そこからあれやこれやと理想の恋愛や馴れ初めについて語っているうちに、最近婚姻を結んだばかりの華弥に白羽の矢が立った……というわけだ。

それを受け、華弥は焦った。

どうしましょう、私の馴れ初めなんか聞いても、楽しくないのに……。

華弥は夫と相思相愛で結婚したのではなく、契約結婚——それも、華弥の髪結い師としての腕を見込んだ夫と華弥の母親が交わしたもの——なのだ。

しかしそれを正直に、彼女たちに話すのは悪い気がする。なんせ華弥に羨望の眼差《まなざ》しを向けているからだ。

そのため、少し考えてから口を開く。

「夫は、私が求婚者にしつこく絡まれているところを助けてくださったのです」

「え！」

驚く琴葉に、華弥は微笑みながらも内心言い訳をした。

ええ、そう、何も嘘《うそ》は言ってないわ……だって事実だし。

ただ、言葉にするほど甘い展開ではない、というだけだ。

春頃、夫はそうやって華弥のことを助けてくれた。きっと華弥が現実主義でなければ、そしてその後に見せられた婚前契約書がなければ、さぞかし胸がときめく展開だったのだろう。あのときのことを思い出すとなんだか随分とこのお屋敷《やしき》に馴染《なじ》んだなと華弥は思う。

が、嘘にならないような嘘を言ったせいで、琴葉の好奇心が刺激されてしまったようだ。

彼女は瞳を輝かせながらずいっと迫ってくる。

「まあ、まあ！　とっても素敵な馴れ初めですね！」

「え、ええ、まあ、はい……？」

「他には？　他にはありませんのっ？」

「ええっと……」

「ほら、胸がときめくようなことですとか！　接吻《せっぷん》の感触ですとか！」

「え、ええ……!?」

契約結婚なので接吻はない、固めの盃《さかずき》だけだ。それもあり、思わず美幸に助けを求める。しかし肝心の主人はにこにこ微笑み、美味しそうにチェリーを頬張るだけで、華弥に救いの手を差し伸べてはくれなかった。

そしてこういうときに琴葉のことを止める絹香も、この話題に関しては興味があるようであまり積極的に琴葉を止めようとはしていない様子だった。

そのため致し方なく、華弥は斎との思い出を口にする。

「あ、え、ええっと……で、では、共に買い物に行った話などを……」

「お買い物⁉」

「は、はい……その、私が気になっていた帯留めがあったのですが、他に用事がありそのときは諦めたのです。ですが夫はそれに気づいていたようでして……買い物帰りに、文《ふ》机《づくえ》の上に帯留めが置いてありました」

「え、ええ！　ご自分が買われたのだと仰《おっしゃ》らなかったのですか⁉」

「そうなのです」

「なんて……なんてさりげない気遣い……素敵……！」

そのとき、自分が彼に対して感謝ではなく怒りを覚えたことを思い出し、華弥はだらだらと汗をかいた。

まずい……まずいわ、私がぼろを出す前に、この会話を早急に終わらせねば……。

「そ、その、今つけている簪《かんざし》は、夫からの贈り物でして……」

「まあまあ！　梅と蝶《ちょう》の意匠が美しいですね！」

そう言うと、琴葉はハッとした後、懐から一冊の書籍を取り出した。見出しには『心に響く花言葉の世界』と書かれている。

それをめくった琴葉は、目をキラキラと輝かせた。

「華弥さん、梅の花の花言葉は『美と長寿』『約束を守る』だそうですよ！」

「は、花言葉ですか……確か、西洋文化の」

「はい！　こちらも、今女学校でとても人気なのです！　殿方の中にも、この書物を参考にして花を贈り、こっそり愛を伝える方もいらっしゃるんですって！」

なるほど、花言葉……仕事にも役立ちそう。

髪飾りや着物なども、花が使われていることが多い。それもあり、最新の情報として一冊持っておくのもよさそうだ。そう思った華弥が今度、書店にでも寄ろうと考えていると、絹香がうっとりとした様子で頬に手を当てる。

「……殿方が花と共に愛の告白をなさる物語といえば……美幸さんからお借りした『薔《しょう》君《くん》』、とても面白かったです。琴葉さんもお読みになられました？」

「ああ！　読みました！　薔薇園《ばらえん》で知り合った名も知らぬご令嬢とご令息が、密《ひそ》かに想《おも》いを寄せ合う素敵な恋物語でしたね……！」

どうやら、それは最近流行《はや》りの小説らしい。そういえば華弥も、美幸に頼まれていくつか小説を買ったことを思い出した。

聞いているとどうやら、美幸が購入した物を三人で回し読みしているようだ。それを聞き、華弥は二人の家がそういったことに厳しいことを思い出した。

先ほどの花言葉の書物も、おそらく借りたものの一つなのだろう。貸本屋などもあるし、女学校にも図書館はあるはず。その気になれば、世間では俗物とされる小説に触れる機会はある。

そして、そうして隠れながらも流行のものに触れようとするその姿は、華弥にはとてもまばゆく映った。

何より、先ほどまで自分に向いていた好奇心が別方向に向いたことを悟り、色々な意味で安堵《あんど》する。

きっとあれ以上話していたら、ぼろを出していたわ……。

だって、契約だから。

華弥も、母の真意が知りたいだけだから。そこに、お互いの感情なんていらなくて。

そう思うのに。

つきん。

胸元が軽く痛み、華弥は首を傾《かし》げてしまった。

その一方で、美幸たちはとても嬉しそうに話をしている。

琴葉が言う。

「ですがわたしは、『薔君』よりも『月下美人』のほうが好みでした」

「『月下美人』は確か……一日限りの恋のお話でしたわよね？」

美幸が内容を口にすれば、琴葉は嬉しそうに頷《うなず》く。

しかし絹香は顔をしかめた。

「ですがあれは、一日限りの恋ではございませんか……あんなにお似合いのお二人で、互いにとても想い合っているのに……悲しすぎませんか？」

「あら、それがいいんじゃありませんか。儚《はかな》くて、胸が切なくなりましたもの……」

そんなふうに、三人はそれぞれ読んだ小説の感想を言い合う。それを邪魔しないように気を配りつつ茶を淹《い》れ直したりしながら、華弥は雨粒が跳ねる音と、小鳥のように軽やかにさえずる少女たちの楽しげなやりとりに、そっと耳を傾け続けた。

少し雨脚が落ち着いた頃、三人はようやく満足したのか、お茶で喉を潤し人心地つく。

そして恋物語の余韻を楽しみつつ、自分たちのことについて語り始めた。

「やっぱり、嫁ぐのであれば素敵な方がいいわね！　それも、物語の中に出てくる殿方のような！」

「もう、琴葉さんったら。夢を見すぎではありませんこと？」

「あら、よいではありませんか。『運命の恋』なんて、情熱的で素敵ですし。それに夢を見られるのも今だけでしょう、絹香さん。……先輩方の中でもお早い方は、もう嫁ぎ先を見つけて中退なさっていますし」

それを聞き、華弥は気づいた。

才野木様も気づいていらっしゃるんだわ。政略結婚をするご自身が、そんな夢のような恋ができる存在ではないということを。

華族令嬢にとっての結婚は家同士の繫《つな》がりを高めるため、またそれ以外の要素があってするものだ。そこに、自分自身の意思などありはしない。

でもだからこそ、彼女は今夢を見ていたいと思っている。それがいけないことだとは、華弥には思えなかった。

絹香もそれが分かったようで、琴葉に何も言い返すことなく口をつぐむ。

その一方で、美幸は珍しくとても真剣な表情をしていた。

「琴葉さんの仰ることはもっともだと思いますわ。……ですが、わたくしはそれでも、夢を諦めまいと決めたのです」

「……美幸さんには、お心に決めた方がいらっしゃるのですか？」

琴葉の言葉に、一番驚いたのは華弥だった。

もしかして美幸様には、そのような方が……？

華弥は美幸が「国神《くにつかみ》様の妻になりたい」と語ったときのことを覚えている。そしてその目的が「この国の在り方を、変えたいから」だということも。

だけど、もしかしたら美幸様は。

そう思い、緊張で体を強張《こわば》らせると、美幸はにこりと微笑んだ。

「……さて、どうでしょうね？」

先ほどとは違い軽い口調の言葉を聞き、琴葉が「も、もう！」と声を上げる。

「冗談だったのですか!?　とても驚いたではありませんか……！」

「ふふ。ごめんなさいね、琴葉さん」

「……わたしも、美幸さんがとても真剣な表情でしたので、本気なのかと思いました
……」

「あら、絹香さんのことも騙《だま》せたのなら、大成功ですね」

そうして再び、客間は明るい空気に包まれる。

でもあの表情は確かに……誰かを想っていらしたわ。

その一方で華弥だけは、美幸が笑みと共に隠してしまった本音について、考え込んでいたのだった。

＊

琴葉と絹香を見送った後。華弥はお盆を手に、昔ながらの木造建築の廊下をそろそろと歩いていた。

そうして辿《たど》り着いた部屋の前で、華弥は腰を下ろしてから声をかける。

「斎さん、華弥です。入ってもよろしいでしょうか？」

『どうぞ』

許可を得て襖《ふすま》を開ければ、そこには華弥の夫がいる。

梅景斎。

黒い髪を一つに結わえ、着流しを身にまとった美丈夫は、向き合っていた文机から襖のほうへと体の向きをずらしながら、笑みを浮かべた。

「どうかなさいましたか、華弥さん」

「斎さんも働き詰めでしょう？　一緒に休憩でもしませんか。晴信さんが作ってくださった桃のチェリーもありますし」

「桃のチェリーですか！　こんなものまで作れるとは、晴信さんはさすがですね！」

チェリーという言葉を聞き、斎は瞳を輝かせた。彼は根っからの甘党なのだ。

ちなみに、こういったハイカラな甘味を見つけてきては作り方を調べ、晴信にそれを渡した上で味見をしているのも斎である。

一方で、洋食に関してはさほど関心がないところが面白いと思う。

最近になってようやく気づいたのだけれど、斎さんは割と好き嫌いがはっきりしているようなのよね。

もちろん、なんでもそつなくこなし人当たりもいい彼なので、それをあからさまに出したりはしないのだが、よくよく観察していると本人の好みで如実に差が出ることが分かった。本人には言っていないが、勝手に可愛《かわい》らしいなと思っている。

思わず笑ってしまいそうになるのをこらえながら、華弥はこくりと頷いた。

「ええ。美幸様方も美味《おい》しそうに召し上がっていましたよ」

「……そうですか。それはよかったです」

頬を緩ませながら、斎はその報告を聞いてくれる。それを見て華弥も嬉《うれ》しくなった。

本当に、前よりもずっと表情から感情が読み取りやすくなったわね。

嫁いできた当初、華弥にとっての斎の印象は、何を考えているのか分かりにくいとっつきにくい男性《ひと》、だった。いつも穏やかな笑みだけ浮かべて、あまり自分の思いを口にしないからだ。

何より表情を読み取るのが得意な華弥ですら真意を汲《く》み取るのが難しいほど、彼は表情を取り繕うのが上手《うま》い。

しかしここに嫁いできてから三か月が経《た》ち、彼もだいぶ華弥に素の姿を見せてくれるようになったと思う。それはとても嬉しいことだ。

そう思いながら、華弥は座布団を敷き手早く食べる用意をして、晴信が作ってくれたチェリーを食すことにした。

ひと匙《さじ》すくえば、ふるりと弾力のあるヂェリーが震える。口に運ぶと、桃の爽やかな甘さとみずみずしさが口いっぱいに広がり、思わず顔が綻んだ。

「この食感といい、桃の美味しさを凝縮したような味わいといい、これは夏にぴったりの洋菓子ですね」

「本当ですね」

珍しく饒舌《じょうぜつ》な斎の言葉に、華弥は同意を示した。

そこでふと、琴葉の言葉が思い起こされる。

『まあ、まあ！　とっても素敵な馴《な》れ初《そ》めですね！』

『え、ええ、まあ、はい……？』

『他には？　他にはありませんのっ？』

『ええっと……』

『ほら、胸がときめくようなことですとか！　接吻《せっぷん》の感触ですとか！』

瞬間、自分の意識が斎の唇に向いてしまった華弥は、そっと目を逸《そ》らした。

私の馬鹿……！　どうして今、才野木様のお言葉を思い出すのよ……！

華弥と斎の関係は、そんな甘いものではない。だけれど。

何度も、そう、本当に何度も助けてくれて、彼の前で泣き顔まで見せて。そういった部分に胸がときめかなかったかと言われると、そうでもないように思える。

何より思い出してしまったのは、斎に対しての贈り物として『斎に求められるときに髪を梳《す》くこと』というのを提示したときのことだった。

今までどんなお客さんを前にしても、あんなふうに緊張したことなどなかったのに。あの日は妙に心臓が高鳴って、困った。

そして何より、彼がそうして梳いた髪に指を絡めて嬉しそうに微笑《ほほえ》んだことが、今でも鮮明に思い出せるのだ。

これは。これはもしかしたら――

……落ち着きなさい、私……！

自分にそう言い聞かせ、華弥は冷えた緑茶を一気に喉に流し込んだ。

おかげさまで、少しだけほてりがおさまったように思う。

……そう、落ち着いて、私。別にそんなこと、私が考える必要なんてないじゃない。

今こうして楽しく仕事ができていて、気のいい仕事仲間たちに囲まれて、少しお茶目だが尊敬できる主人がいて、何より華弥のことを尊重して守ってくれる夫がいる。これ以上、望む必要なんてありはしない。そのはずだ。

何より、恋なんてそんなものにうつつを抜かしていいような立場ではないのだ。

だから。

「はい、華弥さん。こちら、お茶のお代わりです」

そう言って、空いた湯呑《ゆのみ》に冷茶を注いでくれるこの人を意識する必要なんてないし。

そうやって線を引くことに寂しさを感じる必要など、まったくないのだ。

「……ありがとうございます、斎さん」

そう礼を言い、華弥はひと匙のチェリーを口に運ぶ。

冷たくて、甘くて、爽やか。

その余韻に浸りながら、華弥は少しだけ開きかけた小箱の蓋を閉め、そっと胸の奥にしまい込んだのだった。

＊

平穏な日々が続くと思われた梅之宮家。

そこに不穏な予兆を持ってきたのは、この屋敷《やしき》の主人である美幸だった。

女学校から帰ってきた彼女は、早々に使用人たちすべてを大広間に集める。髪梳きもせず、あまつさえ着替えもせずに集められることなど今までなかった華弥は、その召集が異例だということを感じ取り、緊張で体を硬くした。

そうして全員が所定の位置に着いたのを確認した美幸は、真剣な顔をして口を開く。

「皆、忙しい中集まってくれてありがとう。でも重大事項よ、心して聞いて頂戴。……わたくしが通う女学校で問題が起きたわ。校内に、怪異が発生してしまったようなの」

美幸からの言葉に、周囲がざわめく。

一方の華弥は、『怪異』という聞き慣れない言葉に首を傾《かし》げてしまう。

怪異って……怪談に出てくるようなあやかしとか、そういうものよね？

知識として知っているが、どういうものなのかいまいちぴんとこない。それは、彼女にとって怪異が、物語の中に出てくる幻想の存在でしかないからだ。

すると、華弥のそんな様子に気づいたのか、となりに座っていた斎がこっそり耳打ちをしてくれる。

「怪異というのは、人々に対して悪さをするモノたちのことです。あやかし、妖怪と様々な呼び名がありますが、その中でも人に害を与える存在を対処するのも、我々神族の役割の一つなのですよ」

「そうなのですね……」

そんな存在が美幸の通う女学校に現れたというのは、とんでもないことである。

すると、斎が口を開く。

「ですが美幸様、入学するまではそのようなモノは、あの女学校にはいなかったと思うのですが」

「そうなのだけれど。……どうやら、最近女学生の間で流行《はや》っている『狐狗狸さん』という遊びが怪異を呼び寄せるだけでなく、幽世《かくりよ》へと続く門も開いてしまったようなの」

美幸の言葉に、周囲がざわつく。

それを聞き、華弥は琴葉が話していたことを思い出した。

『あら、女学校で流行っているのよ？　五銭か十銭硬貨を用意してね、机の上に「はい、いいえ、鳥居、男、女、零から九の数字、五十音表」を書いた紙を置いて、参加する方全員の人差し指を硬貨に乗せるの。そして「狐狗狸さん、狐狗狸さん、おいでください」って呼びかけて質問をすると、硬貨が勝手に動いて質問に答えてくれるんですって！』

そして梅景家に嫁いできてから知ったが、幽世というのは怪異といった、神性をまとわない人ならざるモノたちが住まう場所だという。華弥が以前、春祭りの際に行った常世《とこよ》とはまた違う異界なのだ。

そしてこの世には他にも、冥界と地獄が存在するのだという。これらはどちらも人が死後に向かう場所だが、地獄はその中でも罪人が向かうことになる場所だ。

これらは層になっており、上から順に常世、現世《うつしよ》、幽世、冥界、地獄、となっているのだという。

ただこれらの世界はそれぞれ独立しており、基本的に互いに干渉したりはしない。そしてもし異界に赴く場合は、それ相応の手続きや手順を踏むものなのだそうだ。——そう、春祭りの際に行《おこ》なった儀式のように。

それなのに今回の遊びは、そういった手順を踏まなければ開かないはずの門を開いてしまうほどの大事件を引き起こしたというのだ。

まさかあの遊びが、そんな事態を招くことになるなんて……。

琴葉から話を聞いたときは、まったく想像すらしなかった。切迫した事態に、華弥は思わず押し黙る。

周囲が静まり返る中、美幸はそのまま話を続けた。

「『狐狗狸さん』というのは西洋から入ってきた文化だったのだけれど、それをお国風に変えた遊びだったのよ。そして仕組みを詳しく調べた限り、あれは『降霊術』の一種だわ」

「『降霊術』ですか……」

「ええ」

『降霊術』というのはその名の通り、霊を呼び出す行為である。呼び出す理由は様々あるが、今回の『狐狗狸さん』は質問——つまり、何かを占うために使われるようだ。

もちろん、そんなことを霊力も持たない素人がやっても上手くはいかない。

「……だけれどこの女学校にはわたくしという『現人神』が通っているわ。そして少し前は葵木《あおき》家の『現人神』も通っていた……少なからず、不測の事態が起こりやすい環境であったことは否めないわ」

「ですが、それだけが原因とは考えにくいかと存じます」

美幸の侍女であり、この屋敷の女中頭でもある巴《ともえ》の言葉に、美幸は頷《うなず》いた。

「もちろん、その調査も含めてきちんとしなければならないわ。現世に影響を及ぼすなど、『現人神』の風上にもおけないもの」

「ただ美幸様としては、まず怪異退治をするべきだとお考えだということですよね」

斎の言葉に、美幸は「ええ」と短く答えた。

それを受けた斎は口を開く。

「もしや、既に何か問題でも？」

「そうなの。何人かの女学生が、体調不良を訴えて休んでいるわ。わたくしが見た限り、教室内にも体調があまり良くなさそうな印象を受ける方々がいらっしゃるわね」

それを受けた面々は、神妙な顔をして考え込み始めた。

それを邪魔しないようにと、華弥はとなりの斎にこっそり話しかける。

「斎さん、こういう場合はどうするのですか？」

「怪異を退治し、幽世へと繋《つな》がる門を閉じるために儀式を行ないます。ただ今回は場所が場所なので、少し手間がかかるかもしれません」

手間とは……？

そう思ったとき、巴が口を開いた。

「であるならば、早々に対処するべきですね。ただ梅之宮家は、帝都における上層部との繋がりを構築している最中になります。現世に影響を与えぬよう退治するとなれば、女学校を閉鎖した上で諸々《もろもろ》の手続きを踏む必要がございますが、現状持つ繋がりでは難しいでしょう。であるならば、北の族長様にご協力いただくのが一番かと……」

「そうよね……」

　巴と美幸のやりとりに、華弥はなるほどと思った。退治というものがどれだけ大変かは分からないが、基本的に神族の存在は秘匿されているもの。であるのなら、きっと裏で色々と工作をする必要があるのだと思う。

同時に、その会話の流れで『北の族長』という言葉が出てきた瞬間、その場にいた全員が神妙な表情をしたのが気にかかった。

そんな華弥の心境を、美幸は感じ取ったらしい。苦笑しつつも言う。

「北の族長はね、その……とても癖の強いお方なの」

「癖の強い、ですか……」

どういう意味か測りかねていると、斎が満面の笑みで言う。

「美幸様、あの方のために言葉を濁される必要はありませんよ。性格が大変悪い、と言ってあげてください」

「こら、斎。そうは言っても、わたくしが梅之宮本家の力を借りずに帝都に進出できたのは、あの方のおかげよ。悪く言うものではないわ」

なんて言いつつも、美幸たちは生き生きしながら北の族長について華弥に語ってくれた。

――曰《いわ》く、天才肌の変わり者。実力に裏打ちされた自信家。それ故に他人に興味がないが、自分に嚙《か》みついてくる人間や伸びしろがある人間が好きなので、そういう人間たちを好んで自分のそばに置くきらいがある、らしい。

そして美幸は、そんな北の族長のお眼鏡に適《かな》ったうちの一人だ。なのでこうして、後見人として手を貸してくれているのだという。

「夏には一度、北の里に戻るでしょうから、華弥もお会いできるはずよ。心の準備はしておいて」

「は、はい……」

その情報を聞いた華弥は思う。

そんな方にお会いして、私は上手にやっていけるのかしら……。

根性だけは人一倍あるほうだが、それ以外の要素がいささか弱すぎるのだが。

華弥が不安を覚える一方で、美幸たちは相談を続ける。

「とりあえず、北の族長様にはすぐに手紙を送りましょう。斎、用意してくれる？」

「かしこまりました」

「他の者たちは、退治と門の閉鎖のために必要なものの準備を」

『御意』

「……ああ、華弥は普段通りにしていて頂戴。ただ退治の際は、わたくしと共に来てもらうことになるわ。怪異を退治するというのは、穢《けが》れが溜《た》まる行為なの。それを整えるのに、貴女《あなた》の力が必要よ。だからきちんと体調を整えてね」

「はい、美幸様」

「安心して頂戴、華弥の周りには結界を張って、万が一があっても怪異が触れられないようにします。もし何があっても、貴女に怪我《けが》を負わせるような失態はしないから」

「ご配慮痛み入ります」

それが仕事なのであれば、華弥は断る理由はなかった。

でも……退治となるとやはり、戦うのよね？　誰かが怪我をしないか、不安だわ。

だけれど、斎がいるというのであれば。

そう思ってしまうくらい自分が彼に助けられてきたことを思い出し、華弥の心がどきりと跳ねる。記憶が引っ張られそうになったところで、ぱちんと美幸が手を叩《たた》いた。

「予期していなかったこととはいえ、今回の事態はわたくしが学校に通っていたことが原因の可能性が高いわ。そしてそれが本当ならば、わたくしがそれに対処するのは道理。ですから皆、どうか力を貸して頂戴」

「もちろんです、美幸様」

「ありがとう。あなたたちのような部下を持てて、わたくしも鼻が高いわ」

そう言い美しく微笑《ほほえ》む美幸。そんな彼女を見て、華弥もめらめらとやる気が湧いてくる。

よし。私には私にできることをしなくちゃ！

いったい何ができるのか、その辺りはあとで巴にでも聞けばいい。

そう思いながら。華弥は梅雨の時季に負けぬよう、改めて体調に気をつけて行動しようと思ったのだった。

＊

しかしそういうときに限って、不穏なことは続くもので。

翌日の午後。雨続きでうつうつとした雰囲気が漂う中、一人の女性が供を連れて梅之宮家を訪ねてきた。

それは――南の族長である。

事前の連絡もなくやってきた大物の存在に、梅之宮家には緊張が走っていた。

里ごとに確執こそ存在するが、各々表立って敵対はしていないのが現在の神族らしい。そのため、ここで南の族長を門前払いすればいらぬ角が立つのだ。

何より心配なのは、南の族長の元では現在、華弥のことを狙い、最終的には危害を加えようとした葵木家の八重《やえ》が行儀見習いとして働かされているのである。

そんな相手が、帝都の梅之宮家に来訪した理由は？

真意を測りかねていた一同だったが、とりあえず客間に通すことになる。

そんな中、巴はいつも通り冷静で、そしていつも以上に厳しかった。

「わたしはこれから、南の族長様のおもてなしを担当いたします。皆様はいつも通りの業務を行なってください。お客様がいらしたからといって、通常業務をおろそかにするようではいけませんからね」

『はい、巴さん』

「華弥さんは美幸様のお支度をお手伝いしてください。その後は美幸様にお付きして、客間へ」

「はい」

そう指示を受けすぐに美幸の元へ向かうと、彼女は襦袢《じゅばん》姿で桐箪笥《きりだんす》の引き出しを開けたり閉めたりしている。明らかに、何を着るのか迷っている様子だった。

「華弥、何を着たらいいかしら……」

不安そうな表情の主人を見て、華弥は少し考え口を開く。

「……そのように気にされるということは、南の族長様に何かあるのでしょうか？」

「美意識がとても高い方なの。だからそんな方でも納得できるようなものがよくて」

そう言われ、華弥は瞬時に美幸の手持ちの着物を頭に浮かべる。

勤め始めてから三か月。華弥は髪飾りだけでなく、桐箪笥やクローゼットの中のどこに何がしまわれているのか、瞬時に分かる程度に主人の持ち物を把握していた。そのため、脳裏に数着の着物が浮かぶ。

「……南の族長様は、流行に敏感でしょうか？」

「そうだという噂《うわさ》よ」

「ならば季節感も大切にされますか？」

「それはもちろん。大切な要素ですもの」

そこまで聞けば、華弥の中で一つの振袖が導き出された。

桐箪笥の引き出しを開いた華弥は、そこからたとう紙に包まれた一着を取り出す。

「でしたら、こちらの柄にしましょう」


そうして着物に合う帯と帯留め、帯締め、髪飾り、髪型を選んだ華弥は、きちんと仕事をこなした上で彼女の後について客間へやってきていた。すると美幸の到着を待っていたらしい斎と出会う。

「お待ちしていました、美幸様、華弥」

「待たせたわね、斎。さ、行きましょう」

そう告げると、客間の外で控えていた巴が襖《ふすま》を開く。

「大変お待たせいたしました」

美幸がそう言い客間に足を踏み入れれば、客人が三人。

奥にいるのは南の族長の従者だろうか。双子だが片方が髪が短く、片方が長い少女たちがひっそりと控えている。

そしてそんな双子たちの主人である女性は、脇息《きょうそく》にもたれかかりながら物憂げな表情をして、ぱたぱたと扇子をあおいでいた。

南之院志鶴《みなみのいんしづる》。

栗《くり》色の髪と目をした、とても美しい女性だ。

彼女は流水紋に大振りの薔薇《ばら》色と空色の睡蓮《すいれん》が見事に咲いた銘仙の単衣《ひとえ》を、それはそれは華麗に着こなしている。それに合わせているのは赤と黒の金魚が泳ぐ帯と、絞りの入った空色の帯揚げ、青い蜻蛉《とんぼ》玉で作られた帯留めだ。

鮮やかな色使いでありながら、この夏の時季にぴったりの着こなしを見て、華弥は美幸が着る着物を気にしていた理由を悟る。

何より、その髪型は洋髪で、大胆に結い上げられていた。それを風鈴を模した簪《かんざし》で留める姿はとても堂々としている。

今見れば、扇子も流水紋に金魚の柄だった。どうやら扇子も合わせる着物によって替えているらしい。

華弥が何より驚いたのは、その大胆かつ美しい色使いの着物をここまで見事に着こなしているところだった。一般人であれば柄に負けてしまうところだが、彼女ほどの美しい女性だと逆に美しさを引き立ててしまうのは面白い話だ。

でも、美幸様だって負けていないわ。

華弥が自信を持ってそう言えるのは、美幸が着ている着物が彼女にぴったりだからだ。

白色と躑躅《つつじ》色の紫陽花《あじさい》に緑の蝶々《ちょうちょう》が飛び回る銘仙の単衣に波紋が刻まれた水色の帯、薄緑色の帯揚げ、そして雫《しずく》を象《かたど》った帯留め。全体的に『紫陽花が咲く雨の日の庭』を想像して組み合わせたものだ。

そして髪型も夏らしくすっきり髪をまとめつつ、金剛石で作られた雫がいくつも垂れ下がる美しい簪を挿した。雨に見立てたものだ。

ただ華弥が紫陽花柄を選んだのは、それだけではない。

紫陽花は、お屋敷《やしき》の庭先にも咲いているわ。梅之宮家の庭師が植えたもの。そしてこのお屋敷にあるものはすべて、美幸様の好みに合わせたものだもの。きっと紫陽花は、美幸様の気持ちを盛り上げてくれる柄だわ。

その予想通り、美幸は自信満々といった体でいる。その堂々たる様はまだ十代半ばの少女とは思えない。

そんな志鶴は、美幸が入ってきたのを見てふわりと表情を緩める。

「ごきげんよう、梅之宮さん。とても素敵なお召し物ね。紫陽花がよくお似合いだわ」

「ありがとうございます、南之院様。南之院様が着ていらっしゃるお召し物も、とても涼しげで素敵ですのね」

「そうでしょう？　それに御髪もとてもきれい。……腕のいい髪結い師を専属にしたという話は、本当だったのね」

そう言い、志鶴は華弥のことを見る。その視線がどことなく探るような目をしていて、華弥はぐっと歯を噛み締めた。

そういったぶしつけな眼差《まなざ》しにさらされることは一度や二度ではないが、今回のこれはなんとなくぞっとするような、そんな心地にさせられる。

というより、お互いに褒め合っているのになんだか間で火花が散っているように見えるのは気のせいだろうか。

……否、気のせいではなさそうだ。それを肌で感じ、華弥は内心冷や汗をかきながらもなんとか表情を取り繕った。

美幸と斎に付いて中に入り、襖を閉めてからその後ろに控えたところで、二人の戦いが本格的に始まることとなる。

「それで南之院様。我が家へはいったい、どのようなご用件でいらしたのでしょうか？」

「ふふ、簡単よ。あたくし、まだるっこしいことが嫌いだから単刀直入に言わせていただくわ——梅之宮さん。そちらが今対応をしている怪異の件で、あたくしが手を貸して差し上げたいと思ったからよ」

それを聞いた瞬間、美幸の顔から笑顔が消えた。

しかしそれも一瞬、彼女はすぐに笑みを貼り付けると、首を傾《かし》げる。

「どこからそのお話を？」

「ふふ。あたくしには特別な情報網が存在するのよ。それに、女学校で怪異なんて大問題ですもの。一般人に迷惑をかけるようなことは、絶対に起きてはいけないのよ」

「仰《おっしゃ》る通りですわ。ですが……この際ですので、わたくしもはっきりとお聞きします。そのような申し入れをされるのはいったい、なぜでしょうか？」

それは、もっともな意見だった。

だってそんなこと、何の見返りもなくすることじゃないもの……。

そう思った華弥が黙って成り行きを見守っていると、志鶴はぱちんと、開いていた扇子を閉じてから微笑む。

「端的に言えば……お詫《わ》びのしるしよ」

「お詫びのしるし、ですか」

「ええ、だってあたくしの管轄下にいる現人神が、それはそれはご迷惑をおかけしたのだもの。南の里をまとめる者として、礼を尽くすのは当然でしょう？」

「……左様でございましたか。それはありがとうございます」

そうは言ったものの、美幸がその答えに納得していないことは華弥の目から見ても明らかだった。

それを眺めながら、華弥は美幸が着替えながら手早く教えてくれた志鶴の情報について思い浮かべる。

南之院家は、代々南の里の族長として里をまとめる一族だ。

また帝都で定期的に開かれる族長会議などで代表として招かれ、話し合いの席に出ることもあるという。

ただその実態は表面的で、別段里の中で偉いとか、とても敬われているかと言われたら、それは違うらしい。というのも、一族にとっての至高はあくまでその一族の『現人神』であって、他家の『現人神』ではないからだ。

なのでどの里でも族長はその里の代表者というだけで、他家に強く干渉できるほどの強制力を持ち合わせているわけではないという。そしてそうやって互いに睨《にら》み合いながらも決して他家の事情に介入しないというのが、今までの神族間の暗黙の了解であった。

だから南之院家で葵木家の現人神を預かり、あまつさえその本家の神族を司法で裁くという処遇は、かなり思い切ったことだったのだ。

そしてその方針を決めたのは、当代南之院家当主である志鶴らしい。

それ故に、美幸は彼女のことを評価するのと同時に、一筋縄ではいかない相手だと語っていた。

そんな相手がこうして足を運んだのには、絶対に理由があるはず。

そこで、華弥はあることを思い出した。

そうだわ……確か葵木八重は、私の特異能力に気づいていたはず。

華弥の特異能力。それは、『髪を梳《す》いたり結ったりすることで、相手の神力を整えることができる』というものだった。

華弥がそれに気づいたのは、嫁いできてからのこと。そして八重が華弥に目をつけたのは、華弥が特異能力を持っていると知っていたからだった。

もしかして……葵木八重が何かしらの条件を提示して、私の特異能力を話すことと引き換えに、南之院様と取引をしたとか……？

たとえば、行儀見習いをやめるとか、葵木家への干渉をやめさせるとか。

そして志鶴はその裏付けをするために、こうしてやってきているのではないか。

そんな疑念が、華弥の脳裏によぎる。そして華弥の能力は、あまり周囲につまびらかにしないほうがいいものだった。そのため、華弥は着物の裾をぎゅっと握り締める。

目だけでちらりと斎の様子を見ると、彼はいつも通りの何を考えているのか分からない笑みを浮かべたまま志鶴の様子を窺《うかが》っているように見える。どうやら彼にも、志鶴の本心は摑《つか》めていないようだった。

するすると志鶴は、満面の笑みでさらに続ける。

「またお詫びに二つ、あなたたちに贈り物をさせていただけたらと思うの」

「もう十二分にいただいたと思うのですが……」

「あら、我が里の愚か者が犯した罪が、その程度で清算できるとでも？」

唇にとんっと閉じた扇子を当てながら、志鶴は少し声を低める。顔は笑っているのに怒っているふうに聞こえ、華弥は少なからずどきりとした。

「南の里に、あのような時代遅れも甚だしい思想を持つ現人神がいること自体が問題なのよ。あなた方のおかげでそれを炙《あぶ》り出せた、それはあたくしにとっては、とても価値があるものなの」

「……仰ることは分かりましたわ。であるならば、他にいったい何をいただけるのでしょう？」

美幸がそう問いかければ、志鶴は目を細める。

「あなたへの贈り物は、全部で三つ」

一つ目——怪異事件への手助けをすること。

二つ目——専属髪結い師として必要な礼儀作法や知識、心構えの教育を華弥に施すこと。

三つ目——一か月後に開催される『鬼灯会《ほおずきかい》』の招待状を送ること。

それを聞き、華弥は首を傾げた。

怪異事件はともかく、専属髪結い師として必要な礼儀作法や心構えの教育……？

もう一つの行事らしきものも大変気になるが、自分に直接的に関係することだったため二つ目の贈り物が気にかかった。

しかし、この場でこのことに対して返答をするのは美幸だ。そのため、華弥は何も言わずにそっと様子を窺う。

すると、美幸は口を開いた。

「……南之院様からのお申し入れ、大変ありがたく思いますわ。そこまで仰るのであれば、ありがたくお受けいたします」

「それならばよかったわ」

「ですが一つ、条件がございます。我々に危害を与えないという言霊による誓約を、今ここでわたくしとしていただけますか？」

「……誓約、ねえ」

「はい。特に、華弥には決して手を出さないで欲しいのです。もちろん、わたくしも南之院様にお誓いいたしますわ」

美幸が今一番警戒していることは恐らく、華弥が以前のように誘拐されそうになることだろう。しかし。

それを南之院様にお伝えするのは、こちらが警戒していることを伝えることと同義なのでは……。

端的に言って、それがいい状況なのかどうか華弥には分かりかねた。その辺りの駆け引きに関しては、華弥の得意分野ではないからだ。だが今の発言が志鶴に対して失礼に値することだということは分かる。

その想像通り、志鶴のまとう空気がどことなく重たく張り詰めたものになる。

「……あなたはあたくしが、あの矮小《わいしょう》な小娘と同じことをすると思っているの？」

「申し訳ございませんが、それは分かりかねますわ、南之院様。ですが……南之院様ほどのお方であれば、この条件を呑《の》んでくださるとは思っております」

華弥よりも志鶴から放たれる威圧感を感じ取っているであろう美幸は、しかしそんなことなどおくびにも出さずに微笑《ほほえ》んでいる。

両者、一歩も引かず。鋭い瞳で美幸を射抜く志鶴と、ただ微笑みを返すだけの美幸の姿が交錯する。

それからどれほど時間が経《た》ったか。口を開いたのは、志鶴だった。

「……分かりました。その条件、呑みましょう」

「ありがとうございます、南之院様」

「あなたたちが警戒する理由は分かるもの」

そう言うと、美幸は肩をすくめる。

「実際、怪異の件は大変困っておりましたの。早期に決着をつけねばならないことですのに、頼れるのが北の族長様でして……」

「……あら、そうなのね」

「はい。ですが北の族長様の手を借りずとも済むなんて、本当に幸運です。改めまして、ありがとうございます、南之院様」

美幸の言葉に、心なしか志鶴の瞳に喜びのような感情が滲《にじ》んだようにも見えた。しかしそれも一瞬、彼女はにこりと微笑み「それならばよかったわ」と笑う。

「では、詳細を詰めましょうか」

その言葉と共に、二人の間で更なるやりとりが繰り広げられることとなったのだった。


その後、玄関先まで出て志鶴を見送った後で。

はあ、ととなりにいた斎が大きくため息をこぼした。

「美幸様。南之院様に対してあのような発言をするのは、いかがなものかと思いますよ」

「あら、あのような発言って？」

「……とぼけないでください。南之院様の神経を逆なでするような、挑発的な物言いのことです」

それを聞いた美幸は、肩をすくめた。

「それはそうだけれど、上手《うま》くいったじゃない」

「それは結果論です。南之院様が温厚な方だったから丸くおさまったものの……他の方であれば、あそこまで上手くはいかなかったと思いますよ」

それを聞いた華弥は、やはりあの状況は危なかったのだなと思う。

その一方で美幸は、廊下を歩きながらつんと澄ました態度を取った。

「そうは言っても、斎だってわたくしの行動を咎《とが》めなかったじゃない。それは、南之院様であれば大丈夫だと踏んだからでしょう？」

「……それは」

「それにわたくしだって何も、考えなしにあんなことを言ったのではないもの。南之院様が本当に葵木家の一件でのお詫びとして梅之宮家にいらしたのなら、あれくらいの要望は呑んでくださると思ったのよ。華弥に専属髪結い師に必要な礼儀作法や知識、心構えを教えてくださるということは、その点を解決していなければ許可できないわ――だってわたくしは、華弥の主人ですもの」

「美幸様……」

先ほどのやりとりが華弥を思っての行動であったことを知り、彼女は思わず感動してしまった。

こんな主人を持てたことはとても幸せだ。しかし斎が言ったことも一理ある。そのため、華弥は考えてからそっと口を開く。

「ご心配してくださり、本当にありがとうございます、美幸様。ただ斎さんも、美幸様のことを心配されてのお言葉だったと思います。そして私も、同じように思いました」

「華弥……」

「主人の責務として、私のことを守ってくださるのはとても嬉《うれ》しいです。ですがどうか、お一人で抱え込まないでくださいませ。美幸様がなんと仰《おっしゃ》ろうと、貴女《あなた》様はまだ十代の少女なのですから」

華弥はそう言うと、美幸は少し落ち込んだ顔をして「分かったわ……」と言う。

しかしすぐに明るい表情になると、後ろを向きぴしりと斎に向かって人差し指を立てた。

「華弥が専属髪結い師としての教育を受ける場に斎を同席させるのも、そのためなんですからね！　華弥のことをしっかり守って頂戴！」

それは、先ほどの話し合いで決定した事柄だった。

それに対し、斎は神妙な顔をする。

「それは……もちろん守りますが」

「本当？　なーんか頼りないのよね。もっとしっかりして」

「……仰せのままに」

そんなやりとりに満足したのか、美幸はにっこり微笑んでから先へ行ってしまう。それを見ていた華弥は、くすくすと笑った。

「斎さんも大変ですね」

「……本当にまったく、僕に対してはいつもああなのですよ」

「そうは言いますが、斎さんは美幸様以外でしたら、もう少し言葉を選んでいるように思います。ああいった言い方をするのは、美幸様に対してだけなのでは？」

そう指摘すると、斎は少し渋い顔をする。

「……確かに、僕のほうもいささか口うるさくなっていますね。ただ、美幸様があまりにも突飛な行動をされるので……つい口を出したくなるのです」

「それは確かに」

華弥も美幸の突飛な行動によって、斎と共に無理やり外出させられたことがある。彼女よりも長く美幸に仕えている斎は、それ以上に巻き込まれていることだろう。その苦労を思うと、口うるさくなるのも仕方ないことかもしれない。

でも心なしか、美幸様のほうも斎さんに対してだけはどこか容赦がないというか……つっけんどんな態度を取っているようにも見えるのよね。

まるで、決して捨てられることがない関係だから甘えているような。――そう、本物の家族のような。

二人は分家同士なので、血の繋《つな》がりはあるのだろう。ただそれだけでは説明できない絆《きずな》が、二人の間にはあるように思えた。

そしてそれが、華弥が美幸に対して少しばかり安心している点でもあった。

だって。

「美幸様は、斎さんとお話されているときはどことなく、歳《とし》相応の少女に見えます」

そう。美幸は、現人神である以前に一人の少女でもあるのだ。それも、華弥よりも幼い。

恐らく様々な経験をしてきたであろうとは思うのだが、それでも。美幸が少女でいられるのは……人のままでいられているのは斎のおかげではないかと、そう思うのだ。

「きっと、斎さんのことをとても信頼していらっしゃるのでしょうね」

そう言い微笑めば、斎は虚を衝《つ》かれたような顔をする。そしてそれを誤魔化すように顔を背けた。

「……そうであればいいですね」

「あら、自信がないのですか？」

「そういうわけでは……」

「ならば自信を持ってください。斎さんは美幸様にとって、とても大切な存在ですよ」

そう言うと、斎はなんとも言えずむずがゆそうな顔をした。だがその耳が赤くなっていることに、華弥は気づいている。

斎さんのこういうところって、どことなく可愛《かわい》いわよね。

ただ、この気持ちを口にするのは野暮だろう。

そう思った華弥はただ、斎に向かって微笑みかけたのだった。

二章　髪結い乙女、乞い悼む

女学校で流行《はや》っている『狐狗狸《コックリ》さん』という遊びを利用して、夜な夜な幽世《かくりよ》から怪異を呼び寄せていた梅之宮《うめのみや》家の『本家派《ほんけは》』の男たち。

そんな彼らは、美幸《みゆき》たちが女学校の怪異退治にやってくると聞いてほくそ笑んだ。

「ちょうどいい、まず様子見として、これをけしかけよう」

その言葉に、全員が頷《うなず》く。

——そしてすべての準備を整えた状態で、男たちは美幸たちを待ち構えていたのだ。

＊

怪異退治、南の族長の来訪からの、何が目的か分からない贈り物の進呈。

予想もしなかった事態に少なからず混乱していた梅之宮家内だったが、今一番急を要することは美幸の通う女学校に現れた怪異の対処だった。

どうやら一度怪異を呼び寄せてしまった以上、このまま放っておけばどんどん悪化するらしい。そうなれば、女学校に通う生徒やそこで働く教師たちにも大きな影響を与える。怪異による妖気は人の体に害を与え、最悪の場合は精気を吸い取って対象を死に至らしめることもあると聞いている。確かにそれは一大事だ。

そしてそれは、志鶴《しづる》も理解していたらしい。来訪してから数日とおかず、美幸の通う女学校から『一時的に閉鎖する』という連絡が入ったのだ。

学校側は設備点検を理由にしているが、間違いなく、裏で手を回したのは志鶴だろう。素早い行動とそれだけの権力を持っていることを実感し、華弥《かや》は気を引き締める。斎《いつき》がそばにいてくれるとはいえ、警戒するに越したことはないからだ。

――そして怪異事件が判明してから三日後の夜。梅之宮家は怪異退治に乗り出したのだった。

その日の夜は、雲が多いが雨は降っていなかった。欠けた月が雲の合間から時折、顔を覗《のぞ》かせては地上を照らしている。それは、雨によってできたいくつもの水たまりに映ってゆらゆらと反射していた。

そんな日に女学校の裏口から入校した華弥は、独特の雰囲気をまとう学び舎《や》を見上げて背筋を震わせた。

夜の校舎は元々、遠目から見てもなんだか恐ろしい気がする場所だが、それを差し引いても肌を刺すような寒気がする。じめっとした梅雨の時季だというのにおかしな話だ。

華弥が思わずぶるりと肩を震わせると、そばにいた斎がそっと肩掛けをかけてくれる。

「華弥さん、これを」

「あ、ありがとうございます……ですがどうして肩掛けを……？」

「妖気に満ちた場所は、独特の寒気がしますからね。そのため、用意しておいたのです」

相変わらず抜かりのない人だと、華弥は思う。そしてそれをさらっとやれてしまうのが斎なのだ。

そう思いながら、華弥はありがたく肩掛けを使わせてもらうことにする。それくらい、敷地《しきち》内が寒く感じられたからだ。しかし、言うほど不安はない。

だってここには、美幸様、斎さんだけじゃなく、巴《ともえ》さんや吉乃《よしの》さんもいらっしゃるんだもの。解決しないわけないわ。

そして一行の先頭には、番犬である千代丸《ちよまる》がいた。彼の頼もしさは、助けられたことがある華弥も知っている。またその後姿を見ていると不思議と心が和んで、ざわざわとしていた気持ちも落ち着いた。

そんな安心感と、ほのかな不安と共に、華弥は皆に付いて校舎内に入った。

「ここから、ひとまず校庭へ向かいます」

美幸が全員に向かってそう言う。校庭に向かう理由は、そこで陣を張るからということと、志鶴たちとそこで集合することになっているからだった。

校庭に向かうには校舎を経由していくのが一番近いため、梅之宮家一同は一階の廊下を突き進んだ。

手元に明かりこそあるが、夜の校舎内はおどろおどろしく、窓が風で揺れるわずかな音すら妙に響いて聞こえる。

そんな中。

『――か』

声が聞こえた気がして、華弥は目を瞬《しばた》いた。

かすかだが、確かに聞こえた気がする。だが華弥以外、それに気づいている人間はいないようだった。ならば幻聴だろうか。

しかしそれは前に進むたびに強く聞こえるようになり、華弥はぎゅっと道具箱を抱き締める。

そうして周囲を注意深く見回していたとき、何かが動いた気がして、華弥はびくりと震えた。同時に、そっと胸を撫《な》で下ろす。

な、なんだ……鏡だったのね。

ちょうど階段部分の壁に設置されている大きな姿見だ。そこに映る自分を、どうやら不審者と感じてしまったようだった。恥ずかしさと安心感で少しばかり気が緩む。

どちらにせよ、なんてことはなくてよかった。

そう思いながら、皆に続いて階段横を抜けようとしていたとき。

『――だれか』

今度は確かに、声がした。ぞくりと、背筋が震える。

だって今一緒に歩いている皆は、誰も声を発していない。そんな空気ではないからだ。

ならばいったい誰が？

そう思い、足を止めてしまったときだった。

鏡から伸びてきた何かに、腕を引かれたのは。

――え？

見れば、手だ。それも一つではなく、複数の手が伸びてきている。それは華弥の腕だけでなく頭や胴体、足にまで絡みついて、ものすごい勢いで引っ張ってきた。

何がなんだか分からないまま、それでも道具箱を抱き締めて固まっていたとき、もう片方の腕を誰かが摑《つか》む。

「華弥さんっ！」

それは他でもない、斎だ。

こんなにも切羽詰まった様子の彼を見るのは、三度目だわ。

一度目は、華弥が葵木《あおき》家が用意したごろつきに攫《さら》われかけたとき。二度目は、葵木八重《やえ》が感情のままに放った火によって、華弥の身に危険が迫ったときだった。

そして三度目もまた、華弥の身に危険が迫っているときだというのは、本当になんとも言えない。場違いにもそんなことを考えてしまうのは、自分の身に起きたことがあまりにも衝撃的だったからだろうか。

その一方で無数の手は、斎から逃れるようにして華弥のことを引きずり込む。

――そうして華弥は斎と共に、鏡の中に引きずり込まれたのだ。


――ぽちゃん。

水が波紋を打つような、そんな音と共に。

「……華弥さん」

聞き馴染《なじ》んだ斎の声を聞いて、華弥はハッと我に返った。

私もしかして、今気を失っていた……？

どれくらい気を失っていたのだろうか。そう思い焦ると、斎の心配そうな顔が視界に入ってくる。

「……華弥さん？」

そこで、華弥はようやく気づいた。斎が、華弥のことを抱きかかえていたことに。

「……っ！」

一瞬、華弥の体が強張《こわば》る。それは、最近妙に斎のことを意識しがちだからだった。

原因は分かっている。琴葉《ことは》たちとの会話で、恋愛についての話題が出たためだ。

大丈夫、落ち着いて……それに斎さんは、気を失っていた私を守るために抱きかかえていてくれただけよ。他意はないはず……。

そう自分に言い聞かせ、華弥は頭を振った。そして首を傾《かし》げる。

「私、どれくらい気を失っていましたか？」

「いえ、本当に一瞬ですよ。ただ……鏡の中の世界に引きずり込まれた反動でしょう。慣れない人によくある現象です」

鏡の中。

そう聞き、華弥は改めて自分の身に起きた現象を思い出していた。

そうだわ、私は、鏡から伸びてきた手に引きずり込まれたんだった……。

「……もしかしてあの手は、怪異によるものでしょうか？」

「……だと思います。そして華弥さんを狙ったのを見る限り……相手にはある程度知能が存在するようです。神族にとって髪結い師の存在は、自分たちの生命線になりますから」

「……ではこの怪異は、私たちを罠《わな》に嵌《は》めやすくするためにこんなことを……？」

「そうでしょうね。神族が保有する神力は、怪異にとってとても美味《おい》しい食事ですから」

そう聞き、華弥はぞっとする。同時に、あのとき斎が手を伸ばしてくれなければ、完全に孤立していたことに気づいて、なおのこと背筋が震えた。

「……斎さん、助けてくださり、ありがとうございます……」

かすれた声でそう言うと、斎がふわりと微笑《ほほえ》む。

「華弥さんを守ると、約束しましたから。むしろ、間に合ってよかったです」

なんて頼もしい言葉なのだろうか。心臓が思わず跳ねる。何よりそのいつも通りの笑顔が、華弥に安心感を与えてくれた。

「……とは言いましたが、ひとまずこの異界から出ることが僕たちの課題ですね」

そう言われ、華弥はハッと辺りを見回した。

そこは一応、校舎内だった。

ただなんとなく目がくらくらするような、そんな酩酊《めいてい》感がある。何がそんなにも気持ち悪いのかと思っていたが、時計が鏡映しのように反対になるのを見て気づいた。

そうだわ。ここ、すべてが鏡映しになっているのよ。

鏡の中の世界、だからだろうか。どちらにしても、警戒は必要だ。

「鏡から入ってきたということは、鏡が出口です。鏡を捜しましょう」

斎からそう言われ、華弥は頷いた。

すると斎は真剣な顔をして言う。

「ただ一番怖いのは、華弥さんと僕が引き離されてしまうことです」

「ですので……華弥さんの手首に、僕の髪紐《かみひも》を絡めてもいいですか？」

「……え？」

わけが分からず首を傾げていると、斎は髪紐をほどいてそれを掲げながら言う。

「これには、僕の神力が込められています。なのでもし何かあった際は、華弥さんの居場所を探ることができるのです」

「な、なるほど」

「つけてもいいですか？」

そう言われ、華弥は頷《うなず》いた。すると斎は華弥の手首に何回か青い髪紐を巻き付け、端と端をしっかり結ぶ。

「きつくはしていませんが、痛いところなどはありませんか？」

「大丈夫です」

「ならばよかった。でしたら、僕と手を繋《つな》いで探索をしましょう」

「え」

「先ほどのように、無理やり別の場所に引き離されてしまう可能性もありますから」

そこまで言われてしまえば、華弥としては従わざるを得ない。

そうして二重の意味でドキドキする状態になりながら、二人は校舎内の探索を始めた。

「僕が前を歩きますので、華弥さんはその後ろにお願いします」

「は、はい」

「もし何かあったときは、僕の背に隠れてください。いいですね？」

そう言いながらも、斎は右手で抜身の刀を持つ。それを見て、華弥は改めて気を引き締めた。

「鏡映しの世界ですので、見続けると調子が悪くなることもあります。そうした際は無理せず、僕の背を見てください」

「はい」

それっきり会話という会話はなくなってしまったけれど、手から伝わってくる斎のぬくもりがあるからか、恐怖で体が震えることはなかった。そのため、注意深く周囲を見回して鏡を捜す。

鏡映しの異界は、現実と同じようでいて違うところもあるらしい。その最たるものが、出入口だった。

なので本来であれば現実と同じ場所にあるはずの鏡だが、今は別の場所に置かれているであろうと斎は事前に教えてくれた。

どこに鏡があるか分からないということもあり、教室の扉をつどつど開きながら確認するのは、いささか重労働だった。

周囲を警戒しつつも一階を見終えた二人は、今度は二階へと繋がる階段をのぼる。

そして一階と同じように一つずつ教室を確認していたとき、斎が声を上げた。

「……鏡がありました」

それは、二階の最後の教室だった。

教室内を覗《のぞ》き込めば、確かにそこに大きな姿見がある。黒板の前方に浮くようにして佇《たたず》む姿は明らかに異質だった。

しかしようやく出口を見つけられたのだ。そう思った華弥が少しばかり安心していると、斎が目を細める。

「……斎さん、どうかなさいましたか？」

「……ここに来るまでの間、怪異が現れなかったことが引っ掛かっています」

「……つまり、これは敵の罠だと？」

「その可能性は高いでしょうね。ですが……入るしかないこともまた事実です」

確かにそうだ。

……私にも何か、戦える力があれば。

そう思ったが、今更言ったところでどうしようもないのも事実で。自身がお荷物になってしまっていることに対して、華弥の胸中から、もどかしい気持ちがこみ上げてくる。

それでも、今できることをするしかないのだ。

そう思った華弥は、ぎゅっと斎の手を握った。

「行きましょう、斎さん」

「……分かりました」

互いに頷き、二人が教室内に足を踏み入れたときだった。

バタンッ！

大きな音を立てて、教室の扉が閉ざされた。

慌てて開けてみようとしたが、開かない。完全に閉じ込められたことを知り、華弥はぎゅっと唇を噛《か》み締める。

すると、声がした。

『——斎、華弥、さ、ん』

……え？

聞き覚えのある声に、華弥は目を見開く。

透き通るような、そんな美しい楽器を思わせる声は、忘れたくても忘れられない。

確かこの声は……。

「……はる梅姐《うめねえ》さん？」

はる梅。

華弥が花街で髪を結っていた頃、いっとう可愛《かわい》がってくれた芸妓《げいぎ》で。

二年前に流行《はや》り病で亡くなった人だった。

……そんな人の声が、どうして。

何より、彼女が華弥だけでなく斎の名を。それも、親しげに呼んだのはいったい、どうしてなのだろうか。

──ぽちゃん。

華弥の心の中に、ひとしずくの疑問が落ちて、広がった──

＊

華弥だけでなく、斎の姿まで鏡の中に引きずり込まれて消えた。

その事実に、美幸を含めた梅之宮家の人間たちは騒然となった。

なんせ、各々警戒をしていて、周囲に人がいたのだ。視界が多少なりとも悪くはあったが、それでも華弥の身に何か起きることはないだろうと、全員が思っていた。

それなのに、華弥が怪異に連れ去られた。それは彼らにとってそれほどまでに衝撃的なことだったのだ。

何より、他の使用人たちならいざ知らず、華弥だ。彼女は神族ではないため、身を守るための術がない。

彼女が着ている着物などには神力を流し込んでいるため怪異によって怪我《けが》をすることはないかもしれないが、それでも怪異に襲われたことによる恐怖は計り知れないものだろう。だから、華弥のことを大切に思っている面々がそれに対して動揺するのは、ある意味当たり前であった。

しかしそんな状況でも、女中頭である巴は冷静だった。

「全員、落ち着きなさい」

「巴さん……」

「華弥さんには斎さんがついています。彼の強さは皆も知るところ、そうでしょう？」

その言葉を受け、使用人たちは冷静さを取り戻した。

そこで、美幸が口を開く。

「巴の言う通りよ。華弥が連れて行かれたことは想定外の事態だったけれど、でも幸い斎がそばにいる。なら今は焦らず、怪異退治に移りましょう。いいわね？」

『御意』

美幸の言葉を受け、全員の心が一つになる。

その後、巴の指示の下、使用人たちがそれぞれの役割を与えられ動き出す。本当であれば志鶴と合流をした後に動き始めるはずだったが、急を要する今、それを気にしている場合ではなかった。

それが終わると、美幸は身を翻す。すると、背後に付いていた巴が口を開いた。

「美幸様。今回の一件はあまりにも、用意周到すぎます」

「そうね」

「なので恐らくこの件を引き起こしたのは……」

「……分かっているわ」

ぎりっと。美幸は歯を食いしばった。

これを引き起こした相手は十中八九、北の里から美幸たちを監視するためにやってきていた梅之宮の『本家派』の人間だろう。

忍《しのび》から、彼らが春祭り後に帝都にやってきて、花街を拠点に美幸たちを監視していると いう話自体は聞いていた。なのでこのような事態を引き起こしたとしても不思議ではない。

ただ、相変わらず自分たち以外の人間ならばいくら傷つけても構わないといった傲慢な態度が、気に食わなかった。

何より気に食わないのは、それを未然に防げなかったことだろう。

「どちらにせよ、華弥と斎の救出が第一目標よ。そしてもし彼らが事を起こしたのであれば、わたくしに手出ししたりはしないわ。……まさか、自分の家門の現人神《あらひとがみ》を害するなんて大胆なこと、できないもの」

「仰《おっしゃ》る通りです」

「そしてだからこそ、華弥を狙った。華弥は梅之宮家の人間でも、神族の血統でもないから、手を出してもわたくしが怒らないと、そう思ったのでしょうね」

「……」

「……そんなこと、あるわけないじゃない」

わたくしのものに手を出した罪過は、必ず贖《あがな》わせる。

底冷えするような、そんな声音で、美幸は告げる。その瞳が淡く藍色に光っているのは、彼女が感情的になったことで現人神本来の姿に戻りかけている証拠だった。

本来ならば、現世《うつしよ》で力を暴発させるのはご法度。そのため、巴であれば指摘し美幸を咎《とが》めただろう。だが彼女がそれを咎めることはなかった。それくらい、彼女自身も憤っていたからだ。――それも、はらわたが煮えくり返るくらいに。

そんな美幸は、しかし一つ息をはき出した。そして力の放出を抑えると、背後に向けて視線を送る。

「全員、わたくしについてきなさい。そこで南之院《みなみのいん》様にも話を通すわ」

『御意』

そうして辿《たど》り着いた校庭には、既に志鶴が待機していた。

どうやら私物らしい。持ってきた椅子に座る彼女は、美幸の尋常ならざる様子を見て首を傾《かし》げる。

「あら、何かあったのかしら？」

「はい。恥ずかしながら、わたくしの専属髪結い師が怪異に連れて行かれました」

「……それは」

志鶴が眉を顰《ひそ》める中、美幸は言葉を続ける。

「ただ、そばには彼女の夫がついています。彼は我が家門における優秀な武人ですので、最悪の事態は避けられるでしょう」

「それは何よりね」

「はい。ですが、ここまで手配をしてくださった南之院様にまでご迷惑をおかけしてしまいました。大変申し訳ございません」

美幸は自身の言葉が事実であることを伝えるために、最大限の謝罪と共に深々と頭を下げた。それが、今彼女がやるべきことだったからだ。

実際、この件を手伝うと言ってくれたのは南之院家だ。そしてそんな彼らの前でこのような大きな事態を招いたことは、家門の汚点にも繫《つな》がる。

すると、志鶴がため息をこぼす。

「……頭を上げて頂戴、梅之宮様」

「……はい」

「何度も言っているけれど、これはあくまでお詫《わ》びの一環なの。だからその上で問題が起こったとしても、あたくしは一向に構わないわ」

「はい」

「ただ、言いたいことは一つ。北の族長のお気に入りであるのであれば、あたくしが納得できるくらいの結果を見せて頂戴」

「それは……」

「これでもとっても期待をしているのよ？　北の里の希望の星たち」

その言葉にどんな意味が込められているのか、美幸には推し量ることはできない。ただどちらにせよ、彼女が全面的に支援してくれることだけはよく分かった。

であるならば。

そう思った美幸は、一つ頭を下げてから行動に移る。

「皆。今すぐ幽世へと繋がる門を封鎖する準備を」

『御意！』

そして美幸はこっそり、巴に耳打ちをする。

「巴。わたくしはこれから、一時的に能力を制限するわ」

「……美幸様、それは……」

「ええ、そう。わたくしが能力を制限すれば……お兄様の力が解放される。それは事態を収拾するのに最も効果的なはずよ」

幸い、今は夜。陰の気が最も強くなる時間帯だ。なら美幸が現人神としての力を制限すれば、きっと——

ただこれを、志鶴に勘付かれてはならない。そのためには、美幸は校庭にいないほうがいいのだ。

そして、美幸が何を言いたいのか巴も分かっていた。彼女は深くため息をこぼすと、一つ頷《うなず》く。

「……分かりました。こちらの対応は、わたしにお任せください」

「ありがとう、巴」

「ただ、護衛として忍はつけます。無理は絶対になさらないように」

「ええ、もちろん。あと千代丸も連れて行くけれどいいかしら？」

「ご随意に」

巴の言葉に満足げに頷いた美幸は、千代丸の名前を呼んでから校舎内へと足を進める。

「……無理はしないと言ったけれど、何もしないとは言っていないのだけれどね」

そう、呟《つぶや》きながら。

＊

その一方で華弥と斎は、鏡がある教室で怪異と対峙《たいじ》していた。

……彼女が怪異、なのよね？

ただ華弥の目に映っているのは間違いなく、花街の芸妓《げいぎ》であった『はる梅』の姿だ。

黒く美しい髪に、優しげな眼差《まなざ》し。そして整った顔立ち。花街でも人気だった彼女の姿を、華弥もよく覚えている。

彼女は、母がよく担当していた芸妓だった。

母に付いて回る華弥を可愛《かわい》がり、華弥が半人前のときは、練習としてよく髪を結わせてくれた。たとえ失敗しても、嫌な顔一つ見せたことがない。むしろ明るく笑い、「失敗はたくさんしておいたほうがいいわ。だって人って、そうやって成長していくものでしょう？」と言ってくれた。

そして一人前として認められた折には、お祝いとして華弥にすき焼きをごちそうしてくれた。まるで姉のような人だった。

だけれど彼女は、流行《はや》り病で亡くなったのだ。

――そして華弥は、そんなはる梅に死に化粧を施し、髪を結って彼女のことを送り出したのだ。

だから余計に、その姿を見て嫌な汗をかいてしまう。

だって、死んだ人間が生き返ることはないのだから。

そして肝心の斎は、そんなはる梅に対して刀の切っ先を向けながら、じっとしている。

背後にいる華弥に彼の表情は見えなかったが、繋がっている手がわずかに震えているのに気づいた。

……斎さん？　緊張しているの？　それとも……。

そう思ったとき、だった。

斎が、刀を横に薙《な》いだ。

瞬間、閉ざされた教室の扉が斬り落とされる。

あまりに現実味のない状況に呆気《あっけ》に取られていると、彼は華弥を片手で抱き上げ、廊下へと飛び出した。

「い、斎さん……っ？」

「口を閉じて。舌を噛《か》みますよ」

普段よりも余裕のない斎の声音が耳朶《じだ》を打つ。背後を見れば、はる梅がゆらりと歩いてくるのが見て取れた。

同時に、廊下におびただしいほどの鏡と鬼火が浮かび上がり、華弥は目を見張る。

「チッ。やはり狐《きつね》か……」

吐き捨てるような斎の言葉に驚きつつも、華弥は事前に言われていたことを思い出していた――

それは、今回出現した怪異は何かという話になったときだ。

『無策で挑むのは無謀ですので、今回の怪異がどういう類のものなのかを推測しましょう』

全員参加の会議で斎がそう言ったとき、華弥は目を見張った。

『さして情報はないですが、この状況でもどんな怪異なのか、ある程度絞れるものなのですか？』

『はい。というのも、今回の怪異が引き起こされた原因は、一つの遊びですから』

狐狗狸さん。

斎はそう書かれた紙を広げて見せる。

『この遊びには、狐、狗《いぬ》、狸《たぬき》の三つの文字が使われています。そしてこういった動物霊を召喚することは、言うほど難しいものではありません。なので今回呼び寄せられたのもこの三匹のどれかか、あるいは全部かと』

そう言われ、華弥は感心する。そして問うた。

『それぞれに特徴はあるのですか？』

『はい』

——そのとき、斎が言っていた特徴と、今目の前で引き起こされている現象。それを統合し、華弥は納得した。

そうだわ。鬼火と、人に化けるのが上手《うま》い怪異。それならば、狐で間違いない……！

だから、あのはる梅は狐が化けたものなのだ。

ただ問題は、なぜ狐ははる梅に化けたのか、ということだ。

確か化けるのが得意な怪異は、人の記憶にも干渉できるはず……。

そして、その人が一番恋しいと思っている相手に化けて誘惑し、手が出せないでいるうちに相手の精気を吸い尽くすというのだ。

ただ、もし私の記憶に干渉したなら……きっと狐は母に化けたはず。

自分が、母を喪《うしな》った悲しみから未《いま》だに抜け出せていないことを、華弥は知っている。

そして目の前に静子《しずこ》が現れていたら、華弥はなすすべなく震えていることしかできなかっただろう。もしかしたら、怪異について行ってしまったかもしれない。

だが、はる梅は華弥にとって、一番恋しい人物ではない。

確かに静子を亡くした後、立て続けに亡くなった大切な人だ。印象には残っているし、とても悲しい思いをした。だが、一番ではなかった。

つまりはる梅に対して恋しいと、そう感じているのは——斎ということになる。

斎が華弥に会う前に、情報収集のため花街に通っていたことは知っていた。なのではる梅と旧知の仲だったとしても、不思議ではない。

だがこうして怪異が化けるほどの関係となると、また話は違ってくるのだ。

……もしかして、斎さんの恋人？

こんな状況下でそんなことを考えてしまい、胸にもやりとしたものがこみ上げてくる。同時に、あくまで契約結婚の相手である彼に対してそんなことを考えてしまった自分に、華弥はひどく混乱した。

落ち着いて、私。今はそんなことを考えている場合じゃないのよ……！

自分にそう言い聞かせてから、華弥は口を開く。

「斎さん、このままだと足手まといになります。下ろしてください……！」

「お断りします」

「な……っ⁉」

「お忘れですか？　華弥さんのことは何があっても守ると、契約時にお伝えしましたよね？　ですので下ろしません」

だからといって、人一人を抱えて戦うなど無謀だ。それもあり華弥が顔をしかめると、斎は階段を滑るように駆け下りながら言う。

「それに、あの手の怪異は直接攻撃をするより、相手が疲弊したところを狙って食べるものです。正面から戦って勝てないからこそ、彼らは人の記憶を探る方法に長《た》けているので」

「そうでしたね……」

「はい。なのであの怪異の目的は、僕たちを惑わせ、そして鏡の世界で迷わせて消耗させることなのでしょう。そのために、出口である鏡をいくつも出現させたのかと」

「た、確かに……」

「であるならば、今すぐに交戦するということはありませんよ」

なら、斎はいったいどうして、校庭に向かっているのだろう。

華弥は首を傾《かし》げる。何か目的があるように思うのだが。

その予想違《たが》わず。斎は校庭に向かうと、地面を見た。

否、正しくは、校庭に残っている水たまりを見たのだ。

「……これくらいの大きさであれば、華弥さんだけなら通せそうですね」

そしてその中でもいっとう大きな水たまりを見つけると、それに刀を刺す。

「……斎さん？　いったい何を……」

「華弥さん。別に出口は、鏡でなくてもいいのですよ」

「……え？」

「鏡はあくまで、異界と現世を繋《つな》ぐ場所。同じように、映るものがあれば、出口は作り出せます」

「……だから、水たまりを？」

「はい。そして北の神族は水を扱うことに長けた神族血統です。なので水たまりに神力を通せば……」

華弥が何やら嫌な予感を感じている中、刀が刺さっていた水たまりが淡く光を発する。

すると、斎は場違いなほど美しく微笑《ほほえ》んだ。

「それでは華弥さん。先に戻っていてください」

「え、」

その言葉と共に、斎は華弥を背中から水たまりの中へと落とした──

──ぽちゃん。

また、水音がする。

だが今回はそれと同時に、まるで溺れているような、そんな息苦しさに襲われた。

必死になってもがき、手を伸ばす。

瞬間。

「……っっ、はぁっ!?」

ばしゃん。

そんな水音と共に、華弥は校庭に出てきていた。

そして、目を丸くした巴と目が合う。

……え？

何がなんだか分からないまま華弥が呆然《ぼうぜん》としていると、慌てた様子の吉乃が駆け寄ってきた。

「華弥ちゃん！」

「よ、吉乃さん……えっと、私はいったい……？」

「それはわたしの台詞《せりふ》だよ!? どうして水たまりから出てきたの！」

そう言いつつも、吉乃はもう一人の使用人と協力して華弥を水たまりの中から引きずり出してくれた。

そうして校庭の水たまりから這《は》い出た華弥は、着物がまるで濡《ぬ》れていないことを知り目を瞬《しばた》かせる。

すると、巴が華弥の元にやってきた。

「華弥さん。いったい何があったのか、話せますか？」

「は、はい……その、鏡の中の異界に斎さんと一緒に引きずり込まれて……そこで、狐の怪異と出会って――」

華弥が焦りながらも、言葉を続けようとした。そのとき。

――ガッシャーンッ!!

何かが割れる音がした。

全員が顔を見合わせる。しかし、いったいどういうことなのか分からない。

それから少しして、校庭に斎が歩いてきた。

「斎さん！」

華弥が声を上げれば、彼は苦笑しつつも手を振ってくる。

それから詳しい話を聞けば、先ほどの音は学校内にある鏡がすべて、割れた音だと判明した。

「え……？　学校内の鏡、すべてが割れたんですか……？」

「割れたと言いますか……少し手荒な方法を使って異界ごと怪異を退治したので、その反動で割れてしまったと言いますか……」

そう言う斎の表情は、どことなく青い。それに気のせいだろうか、冷や汗もかいている気がした。

それを見た華弥は、ハッとした。

そうよ、私のお役目……！

華弥が怪異退治に付いてきたのは、神力が乱れた際に体調を整えるためだった。そして神力は、使いすぎるとより調子を悪くするという。

つまり斎は今、とても体調が悪いのだ。

そう思った華弥は、巴のほうを向いた。

「巴さん、斎さんの調子があまりよろしくないようです。事情説明はいつでもできますから、今は私が髪梳《す》きをしてもいいでしょうか？」

「……確かに、華弥さんの仰《おっしゃ》るように顔色が悪いですね。お願いします」

「はい」

「わたしは状況の確認をしてきますので、二人はあちらで休憩をしていてください」

巴の言葉に甘えて、華弥はあらかじめ用意されていた折り畳み式の椅子があるほうへ、斎の手を掴《つか》み引っ張った。

同時に、その手が驚くほど冷たいことに気づき、ぐっと唇を噛《か》み締める。

まるで氷のようだわ。こんなにも調子が悪いのに、平気な顔をしているなんて……。

相変わらず、斎は自分のことを大切にしなさすぎる。

そのことに内心憤っていたせいか、いささか対応が乱暴になってしまったようだ。斎が困惑した声を上げた。

「ちょ、ちょっと華弥さん……」

「問答無用です。早く座ってください」

ぴしゃりと言えば、斎は躊躇《ためら》いながらも大人しく椅子に座った。普段であれば、今この場にいない美幸を心配したり、巴の手伝いをしようとするはずなのに、それをする気力もないようだ。

それを見て、華弥はますますこのまま放ってはおけないと感じる。

それに、私が水たまりから現世に戻された後のことも気になるし……。

あの場には狐《きつね》の怪異がいた。それも、はる梅に化けた狐が。

それを退治したからこそこうして出てこられたことは分かるが、斎と彼女の関係はいったいどんなものなのか。そしてあの相手にしづらい怪異をどのようにして退治したのか。

気になるところはたくさんあった。

だが、今の斎にそれを聞くのはいささか配慮に欠けるだろう。

そのため、色々と聞きたい気持ちをこらえつつ、華弥は道具箱の中から斎専用の櫛《くし》を取り出して、髪を梳いた。できる限り早く、斎が苦痛から解放されることを願って。

そうして祈りながらも、何度も髪に櫛を通していたら、だんだんと斎の体から力が抜けていくのが分かる。どうやら、相当緊張していたようだ。

足を引っ張ってしまった罪悪感もあった華弥は、目に見える形で自分が役に立てたことを知り、ほっと安堵《あんど》の息をはき出した。

「斎さん、どうですか？」

「はい、もう大丈夫です。華弥さん、ありがとうございます」

「いえ、私も助けていただきましたから。あ、それとまだ続けます」

「え」

「鏡でもご覧になりますか？　まだ顔色が悪いですが」

「……それは、できれば遠慮したいと言いますか……」

「なら、このまま続けますね」

「……はい」

まるで、叱られてへこんでいる子犬のようだった。思わず笑ってしまいそうになったが、さすがに不謹慎なのでそこをぐっとこらえる。

ただそのときに頭をよぎったのは、はる梅のことだった。

……はる梅姐《ねえ》さんが恋人だったのであれば、斎さんは未《いま》だに、彼女のことが忘れられないのかしら。

あんなふうに狐が化けて出るほど強く記憶に残っている相手なのだ。その可能性は高いだろう。

何より、はる梅は人気芸妓《げいぎ》であったことからも分かるように、器量良しでとても美しい女性だった。その上で誰に対しても分け隔てなく優しい姿を見れば、誰だって好きになる。

現に華弥は今でも、はる梅のことが好きだ。実の姉のように想《おも》っている。

だから、斎がもし彼女と恋仲だとしても。そして未だに彼女を忘れられないでいたとしても、それは仕方のないことだ。

そう思うのに。

ずきり。

胸が鈍く痛みを訴えてくる。

この感情がいったいなんなのか。

そもそも、自分が抱いていいものなのか。

そんな資格があるのか。

何一つ分からないまま、それでも。

……斎さんが苦しむ姿は、見たくないから。

その一心で、華弥は斎の髪を梳き続けた。

――ぽちゃん。

自分の心によりいっそう強く波紋が広がったことに、気づかないふりをしながら。

怪異はどうやら、斎が退治した狐だけだったらしい。

それを確認してから、美幸は校庭に設置した陣を使って幽世へと続く門を閉じるための儀式を行《おこ》なった。

美幸の瞳が淡く藍《あお》く輝き、足元にある陣が青白く発光する。

その様子を華弥が片隅で見つめていると、すっと横から誰かがやってきた。

志鶴だった。

「こんばんは、ごきげんよう。梅之宮様の髪結い師さん。華弥さん、だったかしら」

「こ、こんばんは。南之院様。この度は大変ご迷惑を……」

華弥が慌てて謝罪をしようとすると、志鶴が笑みを浮かべて首を横に振る。

「あら、大変だったのはあなたのほうでしょう？　あたくしはただ見ていただけだわ。解決したのはご夫君でしょうしね。……まああたくしもまさか、学校内にある鏡をすべて割るなんていう芸当に出るとは思ってもいなかったけれど！」

その言葉を聞いて、華弥は愛想笑いを浮かべるしかなかった。

本当……まさかここまで派手に壊すなんて。

華弥も、自身が攫《さら》われた姿見がある階段のところまで行ってみたが、それはそれは派手に壊れていて、驚いた。きっと今、学校内は砕けた鏡の破片が散らばり大変なことになっているだろう。

唯一の救いは、そんな状況を志鶴が愉快そうに笑って歓迎したところだろうか。

むしろ「面白かった！」なんて言って校内の清掃だけでなく鏡の修繕もしてくださるらしいのよね……。

ますます、志鶴が何を考えているのか分からない。逆にこちらが負担をすることだと思うのだが。

華弥がそう思う一方で、志鶴はやはり楽しげだった。

「最近の神族はあまり質が良くないと言われているけれど、ここまで大きな力を使える臣下がいるなんて。北の里の希望の星は伊達《だて》じゃないわね！」

「そ、そうでしょうか……？」

「ええ。それに、貴女《あなた》のお仕事も拝見させてもらったわ。神族でないのが不思議なくらい美しい仕事ぶりで、とても感心したのよ」

「それは……恐縮です」

といっても、華弥がやったことは艶が出るまで髪を梳いただけだ。その見極め自体は仕事をしていくうちに掴んだものだが、何も特別なものではない。

なので手放しに褒められることに照れ臭さはあったものの、志鶴の言葉に嘘偽《うそ》りのない真《ま》っ直《す》ぐした響きを感じ取った華弥は、素直にお礼を言う。

南之院様は何を考えているのか分からないところはあるけれど、嘘は仰っていないようなのよね……。

ただそれでも華弥を含めた梅之宮家の人間が警戒しているのは、彼女がどういう意図で行動しているのかを語っていないからであり、彼女の考えが読めないからだろう。

独特の感性の持ち主。

華弥の中で、志鶴はそんな立ち位置の人物だ。

だが害意は感じないので、もう少し関わっていけばその真意も分かるのだろうか。

そんなことを思いながら、華弥が志鶴と向き合っていると、今までまばゆいほど光を発していた陣がよりいっそう光り輝き――収束していく。

華弥がその光景に目を見張っていると、陣の中心にいた美幸がふわりと髪をなびかせながら戻ってくるのが見えた。

「これでひとまず、幽世の門は閉じました。華弥、わたくしの髪を梳いてくれる？」

「はい、美幸様」

「斎は念のために、千代丸を連れて周辺をもう一度見て回って頂戴。巴は他の者たちと一緒に、周辺の浄化をなさい」

『御意』

華弥が急いで用意を整え、折り畳み椅子に座る美幸の髪を梳き始めると、となりにいる志鶴が微笑《ほほえ》む。

「お疲れ様、梅之宮様。段取りから閉門まで、見事なものだったわ。あたくしが張った結界に傷もついていないみたいだし」

「お褒めいただき誠にありがとうございます、南之院様。少しは、貴女様のご期待に添えましたでしょうか？」

「ええ、そうね。……とても」

主人たちが何やら意味深長な会話を繰り広げる横で、華弥はできる限り存在感を消しながら髪を梳き続ける。

そのとき、華弥はふと自分の手首に巻き付いたままだった髪紐《かみひも》の存在に気づいた。

あ、そうだったわ。これ、斎さんの……。

そう思ったものの、斎は学校内の見回りに出てしまったし、華弥も今は職務中だ。これを返す暇はない。

それに。

……もう少しだけ、このままにしたいわ。

それは恐怖心から来るものではなく、ただなんとなく胸のどこかに引っかかりを覚えているからこその、そんな言葉にできない思いからくるものだった。

なので華弥は髪紐を解《ほど》くことはせず、そのまま美幸の髪を梳く。

結局華弥がそれを外したのは、すべての確認と浄化が終わって何事もなく無事に帰宅し、お風呂に入った後だった。

＊

帰宅し風呂に入り、私室に入ってようやく。梅景《うめかげ》斎は人心地つくことができた。

ぽたぽたと髪先から雫《しずく》が滴り落ちるが、それを拭うのすら億劫《おっくう》だ。ただそのままにしていたらきっと華弥が「濡《ぬ》れたままにしていると、髪が傷みますよ！」と叱ってくるだろうなと思い、なんとか腕を持ち上げる。

その間、脳裏にこびりついているのは怪異を退治したときの光景だった。

華弥を水たまりを使って現世に戻そうと思ったのは、本来ならば戻るはずのない量の絶大な神力が、自身の体に戻っているのに気づいたからだ。

きっと、美幸が力を制限して、斎のことを支援しようとしてくれたのだろう。普段ならば美幸の身の安全を考慮して、こういった行為をあまり斎は肯定的に見ていないのだが、今日ばかりは助かった。

でないと、華弥を現世に帰せるだけの神力は得られなかったから。

そして斎にとってさらによかったことは。

「……これで心置きなく、怪異を退治できる」

ただその一点のみ。

だって。

愛する人《華弥》にこんな姿、見られたくないでしょう？

怪異とはいえ、相手は華弥も馴染《なじ》みのある人間の姿をしていた。そんな人物を斬り殺すのは誰だって躊躇《ちゅうちょ》するし、華弥のような善良な人間なら見ただけで心に深い傷を負うことになるだろう。

何より、自分がそれを躊躇《ためら》いなく行なえる人間だということを、斎は見られたくなかった。

……他でもない華弥にだけは、見られたくなかったのだ。

そう思いながら、斎は校舎内へと再び足を踏み入れた。

——校舎の中は案の定、大量の鏡と鬼火であふれていた。

この中から本物を捜し出すことは、至難の業だろう。

美幸であれば視《み》ることができただろうが、斎にはできない。

ただ斎にできるのは——偽りを斬ることだけだ。

そして今、目の前にいるのが偽物なのだと分かっているのであれば、斎は躊躇いなく刃《やいば》を振るう。

だから、目の前にゆらりと現れた芸妓——確か源氏名は『はる梅』——を、その両の藍い目で見て、斎は刀を構えた。

『斎』

その優しげな声を聞いても、心動かされなかった。

『いつ、き、』

そして、一息に首を落とした。

落とすと同時に。

周りに浮遊していた鏡も鬼火も。まるで硝子《ガラス》のようにひび割れて砕け散った――

「――――ッッッ!!」

そのときの生々しい感触を思い出し、斎は口元を押さえて悲鳴を上げた。

なんとか声を殺すことはできたが、手が震えて仕方がない。知らず知らずのうちにだいぶ怒りを覚えていたことを悟り、斎はゆっくりと深呼吸をした。

そうすることで、今にも呑《の》み込みそうなほど膨れ上がった怒り、憎しみ、悲しみ……そういった感情を落ち着かせる。

「……今日は、散々な日ですね」

本当に散々だ。怪異を斬り殺そうとした際、勢い余って刀を大振りしたせいで、周りにあった偽物――つまり鏡だけでなく、怪異が作った空間そのものまで斬ってしまった。美幸から譲渡された神力があったからこそのものだが、力を制御できていなかったことも事実だ。

何より散々なのは、怪異が彼女に化けたことだった。

恐らく一緒に入った僕のほうが餌として優秀だったから、僕の記憶を読み取ったのでしょうが……。

記憶は、斎にとって絶対に侵入されたくない不可侵領域だった。そのため、余計に気持ち悪さがこみ上げてくる。

くらりと目眩《めまい》がしたとき、視界に入っていたのは自身の髪だった。

それを見て、斎は幾らか正気を取り戻す。

……そうです、この髪は、華弥さんが梳《す》いてくれたもの……。

それも、斎の体調が悪いことをいち早く察して、斎専用の櫛《くし》で梳いてくれたものだ。

そのことを自覚して髪に指を通すと、不思議と気持ちが落ち着いた。

「……貴女にはいつも、助けられてばかりですね」

そう呟《つぶや》いたとき、外から声がかかる。

『斎、入るわよ』

そう告げると同時に許可なく襖《ふすま》を開けたのは、美幸だった。

その姿を見て苦笑するのと同時に、彼女の足音と気配にまったく気づかなかったことを知り、自身の体調がそれだけ悪いことを自覚する。

そのことが分かっていたかのように、美幸は呆《あき》れ顔を見せた。

「まったくもう。怪異といったい何があったのよ」

質問ではなく断定口調の美幸に苦笑しつつ、斎は口を開く。

「怪異が、よりにもよって彼女に。……睦美《むつみ》に化けまして」

「……それは……」

「それで勢い余り、鏡が割れてしまいました。無駄に神力を使ってしまい、申し訳ありません」

そう言い、頭を下げるより先に、美幸がわしゃわしゃと手拭いで斎の髪を拭う。

「……なんで謝るのよ」

「……美幸……」

「貴方《あなた》は……お兄様は悪くないでしょ。それに……彼女を斬ったのだから、取り乱して当然よ……」

いつになく落ち込んだ様子の美幸を見て、斎はぽんぽんと頭を撫《な》でる。

「ありがとう、美幸」

そう告げると、今にも泣きそうな美幸の顔がくしゃりと歪《ゆが》むのが見えた。

それを見て、斎はふうと息をはく。

いけない。このままだと、今まで築いてきたものが無駄になってしまいますね。

そう思い、斎はつい崩してしまった口調を元に戻した。

「……それで、美幸様。こちらへはいったい、どのようなご用向きで？」

斎が改まった言葉遣いでそう言うと、美幸はハッと目を見開いてから、ぐっと喉を詰まらせる。そして瞬時に取り直した。

「……今回の怪異事件で気になることがあったの。斎にもそれを知らせようと思って」

「気になること、ですか？」

「ええ。斎も見ていたでしょう？　怪異が華弥を狙って孤立させようとしたところを」

居住まいを正しながら、斎はこくりと頷《うなず》いた。それを見て美幸はさらに言葉を続ける。

「その上で、あの狐《きつね》の怪異の位は低かった。つまり、そこまでの知能はないはず」

そこまで聞いてから、斎は美幸が何を言いたいのか瞬時に把握する。同時に、余裕をなくしたせいでそこまで考えが至らなかったことを恥じた。

普段ならば、難なく気づけていたはずなのに……。

そう思いつつ、斎は吐き出すように言う。

「ですが、怪異は華弥さんを狙った……つまり、誰かが裏で糸を引いているということですね。そしてそんなことをするのは……梅之宮の『本家派』の人間だと」

「……ええ」

そう頷くと、美幸は懐から一枚の符を取り出した。

「斎が鏡の中にいて、わたくしが力を制限している間、校舎内を千代丸と忍と共に回っていたの。そしたら、千代丸がこれを見つけてきたわ」

「……梅之宮家の人間が作った符、ですね」

見覚えがある梅の形を模した模様に文字が刻まれたそれは、間違いない。そしてこれを使えるのは、梅之宮家の現人神を信仰する神族だけだ。

この符を使った上で、校内に漂っていた美幸の残留神力を使えば、彼らでも難なく幽世の門を開けるだろう。

そして斎たちは春祭りの後から、北の里にいる梅之宮家の人間が偵察に来ていることを知っていた。今は確か、花街の一角で寝食をしているはず。

「……つまり、僕たちが力をつけるのを邪魔するために、華弥さんに手を出したんですね」

あまりにも愚かしい行動に、吐き気がした。

彼らは、人一人を害することに対して罪悪感どころか、何の躊躇いも持たないのだ。それが神族以外の人間ならば尚更《なおさら》。むしろ彼らは神族以外の人間を、虫けらや奴隷のようにしか考えていないだろう。いや、北の里の神族以外も同じだったか。

どちらにせよ、彼らが意図を持って華弥を傷つけようとしたことは確かだ。髪結い師が倒れれば、斎たちも派手な行動はできなくなる。華弥がいなければ、今日のように体調を崩したとき、最悪の事態を引き起こす可能性があるからだ。

しかしその方法が狐の怪異を利用することとは、反吐《へど》が出る。

華弥さんだけが鏡の中に連れていかれていたら……化けて出てきたのは静子さんでした。

これは確実だ。だって華弥は未《いま》だに、母親の影を捜して彷徨《さまよ》っているから。

そしてもし、華弥の目の前に静子が現れていたら。静子の顔をした怪異に殺されそうになったら、彼女は――

そう思うと、怒りがこみ上げてくる。

慣れている斎ですら調子を崩しているのだから、華弥はしばらくの間寝込んでしまっていたかもしれない。

そう考えると、あの場に現れたのが彼女で。睦美でよかったと思った。

が、それと『本家派』の人間が行《おこ》なったことを許すかどうかはまったく別の話だ。

そして斎はもちろん、絶対に許さない。

彼はにこりと微笑《ほほえ》んだ。

「やられっぱなしは性に合いません。それに『本家派』はよりにもよって華弥さんに手を出そうとしました。許してはおけません」

「ええ、そうね」

「そして彼らが今いる花街は既に、僕たちが掌握した場所。ならば向こうが仕掛けてくる前に、こちらから仕掛けます。……僕はそう思うのですが、いかがですか？　美幸様」

そう問いかけると、美幸はにっこりと笑う。

「とてもいいと思うわ、斎。さすがね」

「そう言っていただけて嬉《うれ》しいです。……開幕の狼煙《のろし》にも、うってつけですしね」

何に対する開幕なのか、敢《あ》えて言わずとも、美幸は知っている。だから、斎も言わなかった。

美幸はさらりと、肩にかかった髪を払いながら言う。

「なら斎には、彼らの対処を任せるわ」

「仰せのままに。それに美幸様には『鬼灯会《ほおずきかい》』の準備がありますから。僕ではお手伝いできないでしょうし……どうぞそちらに集中してください」

「分かったわ」

そこで、斎はあることを思い出した。

そうです、以前、華弥さんに関係することがあったら、すぐに知らせて欲しいと頼まれていましたね……。

正直斎としては、あまり言いたくない。自分たちの汚点とも言うべきものを華弥に見せることになるし、自分が狙われているなんて気持ちの良《い》い話ではないからだ。

ただそんなことよりもずっと、華弥に叱られるほうが怖いし、それを理由に嫌われるのは絶対に嫌だった。なので躊躇《ためら》いながらも口を開く。

「それとこれはお願いなのですが……美幸様。華弥さんに今日の経緯と、事情の説明をしていただいても構いませんか……？」

「あら、どうして？　普段の斎なら華弥にだけは黙っていると思っていたけれど」

「……以前、それを理由にひどく叱られまして……そのときに約束したのです」

「え？」

「また同じ理由で叱られるのも、約束を破ったと怒られるのも、それを理由に嫌われるのも、嫌ですので……」

　そう言うと、美幸はポカーンとした顔をした。普段から、現人神としての品格と気品を、厳しく教育されてきた彼女にしてはいささか間抜けな顔に、斎も驚く。

　すると、美幸は肩を震わせて笑った。

「や、やだ……あの頑固な斎がここまで言うなんて！　華弥ったら最高ね！」

「……あの、美幸様？」

「ふ、ふふ……最近は気が滅入《めい》ることが多かったけれど、これはいいわ……っ」

　一人盛り上がる美幸に対してそっと声をかけると、美幸は満面の笑みを浮かべて言う。

「わ、分かったわ。華弥への説明はして差し上げる」

　そして「言いたいことはもう言い終えたから！　おやすみ！」と言って斎の部屋から立ち去ってしまった。

　相も変わらず奔放な様子に、斎は呆れる。しかし美幸がこんなにも伸び伸びとしてわがままを躊躇いなく言えているのは、ここが帝都だからだ。

北の里での美幸は、いつだって彼らの理想の『現人神』であり続けた。

その生活が彼女に苦痛を与えるものだということは、想像に難くない。

だから。

だから斎はこの屋敷《やしき》の中でくらい、美幸に自分らしく、楽しく過ごしていて欲しいと願っているし。

そして何があっても、この空間を守りたいと。そう思っているのだ。

「……さて。僕も動くとしますか」

そして花街でことを起こすなら、事前準備は必要だ。それを踏まえて話し合いたいので、あらかじめ向こうに手紙を送っておいたほうがいいだろう。

そう思った斎は文机《ふづくえ》に向かうと、手紙を書く用意を始めたのだった。

三章　髪結い乙女、希《こいねが》う

怪異退治を終えた翌日。

華弥《かや》は朝から美幸《みゆき》に、彼女の私室へと呼び出されていた。

許可を取ってから入室すれば、そこには既に吉乃《よしの》の姿がある。

「いらっしゃい、華弥」

「いらっしゃい～華弥ちゃん！」

「お待たせしてしまい、申し訳ございません」

ぺこりと頭を下げれば、美幸が首を横に振る。

「いいのよ。だって二人を呼んだのは『鬼灯会《ほおずきかい》』の準備をするための作戦会議であり、わたくしの個人的な理由だもの」

思わず首を傾《かし》げれば、美幸はにこりと微笑む。

「ずばり……『鬼灯会』の献上品として、いったい何を作ればいいのか。二人と相談したいのよ」

すると、美幸はハッとした顔をした。

「まず、『鬼灯会』がどういうものなのかから華弥には説明するわね」

「はい、お願いいたします」

「『鬼灯会』というのは、あやかし――怪異よりも高位の、自らの意思をしっかりと持った幽世《かくりよ》出身の怪物たち。その中でも妖狐《ようこ》のとある派閥がこの時期に開催する行事なの」

『あやかし』や『妖狐』という言葉自体は華弥も怪談を読んだことがあるので知っている。なので頷いた。

華弥が納得したのを確認してから、美幸は言葉を続ける。

「妖狐にも格があって……長く生きた妖狐は、神にも等しい力を持っているのよ。そして『鬼灯会』の主催者である『樟葉組《くずはぐみ》』の樟葉は、千年以上生きる妖狐。そして様々な霊草《れいそう》を育てることを趣味としているのよ」

霊草というのは、特別な力を持つ草木のことだそうだ。伝説的なものだと、古来の物語に出てくる『蓬萊《ほうらい》の玉の枝』や、食べると不老不死になるとされている『蟠桃《はんとう》』などが該当するという。

「そして『樟葉組』が『鬼灯会』で提供するのは、『玻璃鬼灯《はりほおずき》』という特別な品種なの。本来の鬼灯とは違って、青い実をつけるのよ。それを食した者は、今以上の力を得ることができるの。わたくしであれば、神力量を底上げできる。それを購入することが、今回の目的なのよ」

「よく分かりました」

そしてこれが、南の族長たる志鶴《しづる》が美幸たちに『お詫《わ》びの一つ』として提供してくれた機会なのだ。

志鶴が突如として来訪した日から、『鬼灯会』への参加がどうしてお詫びになるのか気になっていた華弥は、そこでようやく納得する。

美幸はそんな華弥の様子を窺《うかが》いつつも、さらに言葉を重ねた。

「ただ『樟葉組』は『玻璃鬼灯』を購入する前に、会の参加者に二つ試練を与えるの。一つ目は『心を込めた手作りの品を献上すること』。二つ目は『真贋《しんがん》を見抜くこと』。……そしてわたくしが相談したいのは、そのうちの前者なの」

華弥は目を瞬《しばたた》かせた。

「『真贋を見抜くこと』も相当難題かと思うのですが、それはよろしいのですか？」

「ええ。わたくしにとってそれは日常だもの」

その言葉に華弥が目を瞬かせる一方で、美幸は深刻な顔をしている。どうやらそんなにも『心を込めた手作りの品を献上すること』という試練が難題らしい。

どうしてなのか分からず華弥が首を傾げていると、吉乃が苦笑した。

「華弥ちゃんは知らないと思うけど……美幸様はとっても不器用なの。だからね、手作りの品ってだけで、大変みたいで……」

それを聞いて、華弥は美幸が以前、女学校の友人二人へ贈るハンカチーフに刺繍《ししゅう》を入れることに関して、悩んでいたときのことを思い出した。

美幸の様子を見たところ、どうやら相当らしい。

そんな彼女を宥《なだ》めつつ、吉乃は笑った。

「そしてわたしが呼ばれたのは、使用人の中で一番手先が器用だからなの」

「ああ……確かに吉乃さんは以前、素早くほつれを縫っていましたよね」

目にも留まらぬ速さで乾いた洗濯物のほつれを直している姿はあまりにもすごくて、とても印象に残っている。それなら、美幸が頼るのも当然だ。

「なら、どうして私も呼ばれたのでしょう？　意見を出し合うなら、皆の力を借りたほうがいいのではないでしょうか？」

「……他の使用人も巻き込むと、大ごとになっちゃうから……」

吉乃の言葉を聞いて、華弥は何となく察した。

確かに大ごとになりそう……。

しかも、美幸は自分の手先が器用でないことに対して劣等感を抱いているはず。この歳《とし》の少年少女の心は、硝子《ガラス》のように儚《はかな》く脆《もろ》いのだ。そんな中大々的に会議を開いて、美幸ならば作れるであろう物、なんてことについて語られることになったら。

想像して、華弥はぞっとした。恐ろしく恥ずかしい。

華弥が「絶対に口外しないようにします……」と理解を示すと、美幸は深く頷《うなず》いてからため息をこぼした。

「……しかもそれだけじゃなく、『心を込めた』品、なのよ。つまり、自分の気持ちを相手に伝えるように作るということ。わたくし、それが一番苦手なのに……」

それを聞き、華弥はようやく美幸がなぜそんなにも深刻な表情をしていたのかを悟る。

そうよね、美幸様も斎《いつき》さんほどではないけれど、秘密が多い方だから……。

そしてそういう人物は得てして、自分の気持ちというものの形を自覚していない。だから『心を込めた』という抽象的な言葉に戸惑うのも、致し方ないことだろう。

ただ華弥が疑問に思うのは、その言葉があまりにも抽象的過ぎることだ。

なので口を開く。

「その、一つ疑問なのですが」

「あら、なあに？　華弥」

「献上品ということは、『樟葉組』の樟葉様に対しての想《おも》いを込める、ということなのですよね？　そこも含めて、割と曖昧な気がしまして……」

「……それもそうね」

華弥の言葉に、美幸は頷いた。華弥も同意を示しつつ、言葉を続ける。

「招待状を南之院《みなみのいん》様からいただく、ということは、美幸様が『鬼灯会』にご参加されるのは初めてということですよね？」

「ええ」

「であるならば、『鬼灯会』の情報はいったいどこから得たのでしょう？」

「伝聞かしら。そもそも、この会に参加できることそのものがかなり貴重だから……」

聞けば、人気すぎて今回のように横の繋《つな》がりでもない限り招待状を得ることすら難しいのだという。その上で二つの試練を乗り越えないと、いくら金を積もうが購入すらできないそうだ。聞けば聞くほどかなり熾烈《しれつ》な争いのようで、恐ろしくなる。

だが同時に、美幸がこうも必死な理由が分かった。

美幸様は次期国神《くにつかみ》に嫁ぐために、とにかく力を欲していらっしゃるわ……。

きっと、華弥が想像するよりもずっと前から色々なことを準備してきたのではないだろうか。そしてこれからも、その目標のためにコツコツと、様々なものを積み上げていく気があるのだ。

そんなときにやってきた、神力を増加させる効果のある霊草の存在は、美幸にとって喉から手が出るほど欲しい物であり、何を犠牲にしても摑《つか》みたい物なのだろう。そういう意志を感じられた。

でも、だったらなおのこと、きちんとした情報を仕入れる必要があるわ。

華弥は人差し指を立てた。

「これはたとえ話ですが。美幸様は、一週間で作られた刺繍と、一年かけて作られた刺繍、どちらに気持ちがこもっていると思われますか？」

「それは……一年かけたほうじゃない？」

「その通りです。ですが美幸様には、あと一か月ほどしかありません。この時点で美幸様は、大変不利なのです」

「あ……」

美幸はさあっと顔を青ざめさせた。せっかくの機会が奪われることを恐れたのだろう。

そんな美幸を安心させるためにも、華弥はできる限り声音を柔らかくして言った。

「つまり今ある手札でやりくりをするのであれば、もっと明確な情報が必要になるのかなと私は思います」

「……明確な情報……」

「はい。そしてうってつけの方に、私は明日お会いする予定になっています」

「……南之院様！」

「そうです」

華弥が教育を受けることになっているのは、明日からだ。

そして志鶴ほど、今回のことを相談するのに向いている人もいないだろう。なんせ彼女が話を持ち掛けてきたのだから。

それに私の予想が正しければ、『心を込めた』という部分に制作にかけた年月は関係しないはず……。

もし関係するのであれば、志鶴が意地悪なことが判明するが、それは彼女に話を聞いてからでも構わないだろう。そのため今は保留だ。

そう思いながら、華弥は告げる。

「何を作るのかは明日以降決めましょう。私がばっちり聞いてきますので！」

「……華弥、ありがとう。そして……ごめんなさい」

「いえ、これくらい当然です。なので美幸様が謝られることでは」

華弥が首を横に振りながら言うと、美幸は申し訳なさそうに目を伏せた。

「違うの、今日のことだけじゃないのよ……怪異退治のときも、危ない目に遭わせてしまったわ」

「ですがあれは、事故ですし……」

「違うの。あれは……北の里にいる梅之宮《うめのみや》家の人間が起こしたものなの」

「……え？」

思ってもみなかった言葉に、華弥は目を見開いた。

すると、美幸が口を開く。

「……本当よ。わたくしたちは本家に従っているから『本家派《ほんけは》』と呼んでいるけれど」

「派閥があるのですね」

「ええ。梅之宮家はわたくしに従ってくれている『現人神派《あらひとがみは》』と『本家派』に分かれているの。……まあ、『本家派』の人間はそれを知らないでしょうけれど……」

そう言い、美幸は言い淀《よど》む。どうやら言いにくい事情があるようだ。

そして言葉を濁した後、詳しくは語らないまま話を進めた。

「実を言うと、春祭りの後からわたくしたちを監視するという名目で帝都に来ていたのだけど……わたくしがこれ以上力をつけないようにって、華弥を狙ったみたい」

「それは……」

華弥は混乱する。だって理解ができなかったからだ。

美幸様を崇《あが》める方々が、美幸様が力をつけることを望んでいない……？

本家の人間と仲が悪いことは聞いていた。しかし梅之宮家は華弥が想像していた以上に、複雑で込み入った事情がある家系なのかもしれない。そう思い、何も言えないでいると、美幸が自嘲した。

「……本当、笑ってしまうでしょう？　一番わたくしたちの足を引っ張るのは、血縁関係がある人間なのよ」

そう吐き捨てるように言ってから、美幸は笑みを浮かべた。

「でも、大丈夫。この件は斎が対処することになったし、華弥にも護衛をつけるから。

貴女《あなた》はいつも通り過ごしていてね」

「は、はい」

「ただ、外出時は必ず護衛をつけることになるから少し窮屈かもしれないわ。それだけはごめんなさい」

華弥は首を横に振った。

「いえ、お気遣いいただきありがとうございます」

それに、華弥はこうして打ち明けてもらったことが嬉《うれ》しいのだ。だって前回は秘密にされていたから。

きっとこれは斎さんが、前回した私との約束を守ってくださったんだわ。

律儀な斎の対応に、華弥はくすりと笑った。

ただ同時に、なぜか胸がもやりとしてしまう。

それは多分、どこまでいっても華弥自身が部外者であることが分かってしまったからだ。

だって華弥は、一般人だったのだから。

そして華弥に秘密にしていることが、この家にはまだある。

それを知らせないことはきっと、華弥のことを思ってなのだろうけれど、それでも。

否、それだからこそ。華弥はもっと知りたいと思った。

──だってここは天涯孤独な華弥にとっての〝家〟なのだから。

そこで、華弥は自身が何に対して寂しさを抱いていたのか気づいた。

そうだわ。私はきっとまだ、梅之宮家の『家族』にはなれていない……。

嫁いできた当初、華弥の目的は母の真意を知ることだった。

だが梅之宮家で濃い時間を過ごしてきて、彼らの本当の姿に触れたことで、華弥はもっと役に立ちたい、そして信頼して欲しいと、そう思うようになっていた。

そして華弥は幼少期から母と二人で暮らしてきたため、家族に対しての恋しさや憧れが人一倍強かった。

何よりこの家で必要とされていること、もっと力になりたいということ。そんな気持ちが、華弥の心をよりいっそう逸《はや》らせていた。

……もっとちゃんと、知識を得ないと。

そうすればこの疎外感からはきっと、解放されるはず。

そう思いながら。華弥は明日の南之院家の訪問に期待を寄せたのだった。

＊

翌日。華弥が南之院家へ向かう日になった。

本日はぴっかりと晴れ、じめじめとした空気がより強い。いよいよ夏らしい季節になってきたと、華弥は晴れた空を眺めながら思った。

「華弥さん、どうぞ」

「ありがとうございます」

斎の手を借りて梅之宮家の人力車に乗り込むと、その横に彼が腰を下ろす。そして可愛《かわい》らしいレースの日傘を差してくれた。

それに対してありがたく思いながらも、少しだけぎくりとしてしまう自分がいることに華弥は困惑する。

まったく、私らしくないわ。未《いま》だに、斎さんとはる梅姐《うめねえ》さんの関係を気にしているだなんて……。

それにはる梅はもう亡くなっているし、華弥と斎が契約結婚なことには変わりない。なのにそれを考えると胸が痛む理由が分からなかった。

内心ため息をこぼしつつ、華弥は自身の着物を見る。紫陽花《あじさい》の柄がとても華やかで清々《すがすが》しい。

今日華弥が着ている紫陽花柄の銘仙と帯も、この日傘も。すべて美幸と斎が用意してくれたものである。

華弥は知らなかったが、以前百貨店へ買い物に行った際に華弥用に色々と誂《あつら》えられていたらしい。他にも贔屓《ひいき》にしている呉服屋があり、そこからも買い付けているようだ。

しかも「貴女はわたくしの専属髪結い師。つまり斎や巴《ともえ》に続く、わたくしの大切な使用人なの。綺麗《きれい》に着飾るなんて当然だわ。それにそれが、主人の財力を周囲に示すことにも繋がるのよ？」なんて言われてしまえば、華弥はそれを受け取らないわけにはいかない。

そのため、気づけば着る物が増えていた。

殺風景だった自身の部屋にだいぶ物が詰まってきたのが、なんだかこそばゆい。なので最近は外出の際に、それらと今まで大事に集めてきた帯留めを合わせて出かけるのが、華弥の楽しみになっていた。

そして今日の銘仙も、そのうちの一つである。

……まあ、この柄になったのは紆余曲折《うよきょくせつ》あったからなのだけれど……。

今朝の出来事を思い出しながら、華弥は苦笑する。

というのも、南之院家は敵地とまではいかないが他所の神族の領域だ。そのため、その空気に華弥が負けないようにと、美幸をはじめとする女性陣が揃《そろ》って、着物で華弥が梅之宮家の人間だということを示すべきと言ったのだ。それで朝から着せ替え人形状態だった。

本当ならば、梅尽くしにしたい。それが一番分かりやすいからだ。だがそこまでやると季節感がない上に品がないと、志鶴に笑われてしまう。

ならばどうすればいいか。

そして色々と話し試した結果、美幸が志鶴と初顔合わせのときに着ていた着物と同じ紫陽花柄を着た上で、斎からもらった梅と蝶《ちょう》の意匠が施された簪《かんざし》を挿せば、十二分に主張できるだろう、ということになったのだった。

それもあり、今日はなんだか色々な意味で気恥ずかしい。

それでも、新たな知識を得られるということもあり、幾分か気持ちが弾んでいた。

そうこうしているうちに、気づけば南之院家に到着している。

その大層立派な門構えを見て、華弥は梅之宮家に嫁いできたときのことを思い出した。

南之院家は公爵家だとは聞いていたけれど……梅之宮家に負けず劣らず、立派なお屋敷《やしき》だわ。

違いを挙げるならば、南之院家はすべてが西洋造りのお屋敷になっている点だろうか。

瀟洒《しょうしゃ》な建物はとてもハイカラで、遠くから見ても目を奪われる。また門から邸宅まで距離があり、そこまで人力車を使っていくことになる。

斎の手を取り降りた華弥は、斎と共に執事に案内されて中へと足を運ぶ。

すると、吹き抜けの玄関で志鶴が出迎えてくれた。

「いらっしゃい、梅景《うめかげ》斎さん、華弥さん」

「お邪魔いたします、南之院様。本日はよろしくお願いいたします」

「ええ。と言っても、貴女に指導をするのはあたくしではなく、この二人なのだけれど」

そう言い、志鶴が片手を挙げると、後ろに控えていた双子の少女たちが前へと出てくる。

それは、梅之宮家に来訪したときにもいた双子だった。

「右が茜《あかね》、左が周《あまね》よ。歳《とし》も近いでしょうし、仲良くして頂戴」

『どうぞよろしくお願いいたします』

髪の長いほうが茜、髪の短いほうが周、というらしい。ぺこりと頭を下げてくる。それに釣られ、華弥も頭を下げた。

そんな二人に案内されて部屋へ向かおうとしたとき、志鶴が斎を呼び止める。

「あら、夫君。貴方《あなた》はあたくしとお話しましょう？」

「……わたしのような者が南之院様とお話しするなど、そんな恐れ多いです」

「そう？　貴方は梅之宮家の右腕、懐刀じゃない。十二分にあたくしと相対する価値がある人物だわ。違っていて？」

「………………」

「それに……」

志鶴はそう言うと、こそりと斎に何やら耳打ちをする。その言葉に、彼がわずかながらも表情を変えたことに、華弥は気がついた。

いったい何を言われたのかしら……。

すぐに取り繕っていたが、斎がこういった場で感情を表に出すのは珍しい。そのため心配になる。しかし彼が「……分かりました」と渋々ながらも了承したのを見て、華弥は喉元まで出ていた気持ちをぐっと押し込んだ。

代わりに、斎に向かって笑いかける。

「では斎さん、行って参ります」

「……はい、華弥さん。それでは後ほどお会いしましょう」

そう言い、二人はそれぞれ別の部屋へと向かう。

＊

客間に通された梅景斎は、ソファに腰かけながらも目の前の人物への警戒を強めていた。

来た当初から警戒はしていたが、ここまで彼が警戒心を強めたのは、先ほど耳元で囁《ささや》かれた言葉にあった。

『ねえ、梅景家のご当主。ご自分と奥方が運命の赤い糸で繋《つな》がった関係だったら、貴方はお喜びになる？』

その言葉に、自分がここまで動揺することになるとは思わなかった。しかし同時に、無視できないのも事実。

なんせ南之院志鶴と言えば、縁を結ぶ現人神として有名だ。ただその言い方は正しくないと斎は思う。理由は、彼女は人と人との間の縁というものが視覚的に視《み》えているだけで、その縁を繋いでいるわけではないからだ。

つまり南之院志鶴の持つ力は縁を捻《ね》じ曲げるのではなく、縁あるものを導くための力だと言えよう。それは星詠みといったものに近い。

どちらにしても、有名になるほどの実力者ということは、相当強い力を持っているに違いない。つまり、今言ったことが事実である可能性が高いのだ。

何より、現人神の言葉は人間とは違って重い。わざわざ嘘《うそ》をつくということは、自身の信用と価値を下げることに等しいのだから。

そしてそんな人物が斎と華弥は運命の赤い糸で繋がっていると聞けば、斎としては黙ってはいられなかった。

……愚かしいとは分かっていても、僕は華弥への想《おも》いを捨てられないし、もう捨てるつもりがないのですから。

しかし怪異退治をした際に思い知らされた。自身の手が、血で濡《ぬ》れていることを。

そしてもしかしたら、自分が彼女のことを傷つけるかもしれない。また、あのときは運良く助けられたが、斎のそばにいることで華弥の身に危険が及ぶかもしれない。そう考えるとどうしても今自分が抱いている感情が正しいものなのか、分からなくなってしまった。

それでも、あのときしてもらった髪梳《す》きも、手を繋いでもらったことも。斎にとってはこの上ないくらいの救いで。ひどく安心できた。そんな気持ちを抱かせてくれるのは、これから先も華弥だけだろう。

その上で志鶴からの言葉を聞けば、少なからず興味を惹《ひ》かれてしまう。

何より腹立たしいのは、彼女が斎の想いに気づいた上で行動を起こした点だろう。

政略結婚としている以上、そこに双方の感情はない場合が多い。華弥が神族でない以上、斎が彼女に対して好意を抱いていると考える人間は、ほとんどいないのだ。

また斎は自慢ではないが、自身の感情を隠すのが上手《うま》い。そのため、事前に話を通していた梅之宮家以外の周囲にはばれていないという自信があった。なのにばれたということはそれだけ、志鶴がただならない人だということを示している。

志鶴がどうしてここまでするのか、斎には理解できない。

だから斎は今回、志鶴の誘いに乗った。彼女の真意を少しでも探るのが目的だ。

そして、その張本人はというと、ティーカップを片手に優雅に紅茶を飲んでいる。こちらの様子を窺《うかが》っているような仕草に少なからずイラっとしたが、北の族長に散々鍛えられてきた身としては、これくらいの焦《じ》らしはなんてことはないのだ。そのため、志鶴の出方を待つことにする。

すると彼女は、少し残念そうな顔をして肩をすくめた。

「もう少し食いついてくるかと思ったのに、意外と冷静なのね。可愛くないですこと」

「若輩者ですが、分はわきまえておりますので」

「……本当に可愛くないわ。あの男そっくり」

あの男というのは、恐らく北の族長のことだろう。面識があったことは知っていたが、まさかここまで関係が深そうなことは知らなかった。

そう思いながら志鶴の言葉を待っていると、彼女はため息をこぼす。

「……それで？　貴方は彼女と自分が運命の赤い糸で繋がっているならば、どう思うの？」

運命の赤い糸。

それがどういったものなのかは、斎も知っている。何がどうあれ、共になる運命を背負った関係ということだ。だが神族の間でそれは、より深い繋がりを意味する。

特に現人神と縁がある人間は多かれ少なかれ、運命に翻弄されることになるのだ。それはこれからの人生において、様々な困難に巻き込まれるということを意味する。

そしておそらく志鶴が言いたいのは、斎にその覚悟があるのかということだろう。

彼は間髪を容《い》れずに答えた。

「もし僕と彼女の関係が本当に運命の赤い糸で繋がっているのであれば、僕が躊躇《ためら》う理由はありません。……ですが、それを華弥が望まないのであれば話は別です」

「あら、ならば諦めるの？」

「嫌だと彼女が言えば、ですが。ただそうでないのなら、僕は彼女が振り向いてくれるまで行動を起こします」

この気持ちを伝えるのは、決して今ではない。それは斎が、華弥にまだ言えていない秘密を抱えているからだ。

ただそれを伝えるべきときは、刻一刻と迫ってきている。そしてそれは——北の里に帰郷する際だ。

ならば斎がそれまでの間にやるべきことは、一つ。

華弥がそれを受け入れてくれるよう。そして受け入れてもいいと思えるくらい斎に心を開いてくれるよう、誠心誠意彼女への愛を行動に移すことだけだ。

そんな気持ちを込めて言えば、志鶴は目を瞬かせる。そしてからかうように言った。

「あら、随分とご執心なのね」

「それはもちろん」

「それはどうして？」

「……あんなにも綺麗《きれい》な方が、他にいらっしゃるのですか？」

それを聞いた志鶴は、鳩《はと》が豆鉄砲を食ったような顔をした。

だが斎としてはそれが一番の理由だ。

——初めて華弥を見た際、本当に美しいと思ったのだ。彼女が一心に髪を結う姿も、真摯に人と向き合う姿も。

魂そのものがここまで綺麗な生き物がいるのかと、ひどく驚いた。

そして、あの瞳に自分も映りたい。彼女が見る景色の一部になりたい。そう思った瞬間、自分の想いが恋なのだと自覚した。

……もちろん、そんなことを華弥さんは知らないのですが。

それどころか、華弥の母親である静子《しずこ》も知らないだろう。そう思い、彼はふと当時のことを思い出していた。

『梅景様。どうかわたしの娘と、婚姻を結んではいただけませんか……！』

顔見知りの芸妓《げいぎ》に呼ばれた先で、静子はひどく切実な様子で斎にそう切り出してきた。

そして斎が静子の調査をして問題なしと判断し、了承した際、こうも言っていた。

『……ああ、よかった……これで華弥は、何があっても幸せになれる』

思わずこぼれた言葉だったのだろう。とても小さくてかすれていたが、その声音からは静子の本音がにじみ出ていた。

当時は娘を嫁がせることができてほっとしたのかと思っていたが——今思うとあの言葉に、違和感を覚える。

……華弥は、自分で幸せの在り方を知っていて、それを自分で摑《つか》める人です。

そして静子がそれを知らないとは思えない。娘をそのように育てたのは彼女だし、そうでなかったとしても華弥のそばには路子《みちこ》という、とても頼りになる師匠であり大人がいる。

自立するまで世話になれば問題ないだろう。

だけれど、そうでなかったとしたら？

そして、静子が斎を結婚相手に選んだことが、偶然でないのだとしたら？

それはつまり静子に、二人の赤い糸が視えていたことになる――

もしそれが本当ならば、それはきっと。華弥が探し求める答えにも繋がるはずだ。

そう思い至り、斎は目を細める。思わぬ収穫があった、と言えるだろう。

ただ、この件は慎重に検討する必要がある。だってこんな突拍子もないことを華弥が聞けば、絶対に混乱するだろうから。

それよりもまずしなければならないことは、華弥にきっちりと思いを告げることです。

そう思いつつ、斎はにこりと微笑《ほほえ》む。

「南之院様、この度はありがとうございます」

「……どういうこと？」

「いえ、おかげさまで、決意が固まりましたので」

それを聞いた志鶴は、嫌そうに顔を歪《ゆが》める。

「……本当に可愛《かわい》くない子ね。北の族長のお気に入りというだけあるわ」

「そうでしょうか？　僕はあの方にとって、せいぜい使える玩具くらいの認識しかされていないと思いますが」

「……そんなわけないわ。だってあの男は、貴方《あなた》と自分を重ね合わせているもの」

ぼそりと、志鶴が憎々しげに呟《つぶや》く。斎が目を瞬かせていると、彼女は嘆息した。

「……まあいいわ。どちらにせよ、運命に従うというのであればそれ相応に覚悟しておくことね」

「肝に銘じます」

そう言うと、志鶴はキッと斎を睨《にら》んだ。

「というより、きちんと奥方と出かけているの？　北の神族だからどうせ、仕事ばかりにかまけてろくに遊び方も知らないんじゃないのっ？」

「それは……仰《おっしゃ》る通りですが……」

なぜ南の族長様が、北の神族に関してのことをそこまで知っていらっしゃるのでしょう……？

純粋に疑問が浮かぶ。北の族長と仲が悪いとはいえ、ここまでのことを知っているものなのだろうか？

というより、心なしか志鶴の発言がどことなく、世話焼きのおばさんのように思えてきたのだが、これも斎の気のせいなのだろうか。

そう思ったが、口にした瞬間怒られることは間違いなかった。そのため少しばかり考えた斎は、にこりと微笑む。

「であるならば南の族長様。よろしければ僕に、帝都の名所などをお教えいただけませんか？　妻と出かける際の参考にさせていただきたく」

それを受けた志鶴は、苦々しい顔を隠すことなく言った。

「ほんと、図々《ずうずう》しくて可愛げの欠片《かけら》もない子ね……」

そう言いつつも、使用人を呼んで紙を持ってこさせている姿を見て、斎は南の族長の人の好《よ》さを確信した。ただ。

「……そうそう。あなたたちの周囲で起きていることに関して、南之院家は何もしないわよ。自分の家のことだもの、自分たちで解決なさい」

こういうところはやはり、南の族長というべきだろうか。どうやら既に、怪異事件の犯人が誰なのか分かっているようだった。

それを受け、斎は微笑を浮かべる。

「お騒がせして大変申し訳ありません。もちろん、対処はきちんとさせていただきます。また、南之院様にご迷惑をおかけすることはないかと」

「……ふぅん、そう。ならばいいわ」

どうやら本当に、それが言いたかっただけらしい。志鶴はそれっきり興味が失《う》せたと言わんばかりに、ぶつぶつと何やら考え込む。それが帝都の場所だということに気づいた斎は、笑みをこらえるのに必死だった。

そうですか、この方にとっては周りで起きた不可解な事件の犯人より、帝都の名所のほうが重要なのですね……。

まったく視界に入っていないとでも言うような、そんな絶対強者のみが許される傲慢さ。

そして、現人神としての絶大なる誇りと威厳。

だがそれに足るだけのものが、志鶴にはあった。

そしてそれは同時に、斎が持ちえないものでもある。

だって斎がそれを持っていたら、美幸を守ることはできなかったから。

——だからこそこれから、取り戻すのだ。

そう思いながら。

斎は、懇切丁寧に説明をしてくれる志鶴の観光案内に耳を傾けた。

＊

その一方で華弥は、茜と周に案内されてとある部屋にやってきていた。

「華弥さん、どうぞこちらへ」

「ここは……」

「わたしたちの仕事部屋です」

それを聞き、華弥は目を見張った。

小さな引き出しがいっぱい……。

まるで薬箪笥《くすりだんす》のように天井近くまで引き出しがあり、その横にある本棚には古めかしい巻物から和綴《わと》じの書物まで、ぎっしりと並んでいた。

もしや、と思い、華弥は二人の様子を窺《うかが》う。

「こちらの引き出しに入っているのは、なんでしょう……？」

『櫛《くし》や髪飾りです』

「これらすべてですか!?」

二人が声を揃《そろ》えて言うのを聞き、華弥は瞳を輝かせた。

それを見た二人は、どこか誇らしげに言う。

「当たり前です。ここは由緒ある南之院家ですよ。髪結いに関してでしたら、右に出る者はおりません」

「そうです。わたしたちも、髪結い師になるべく育てられたのです。そんな中、志鶴様の髪結い師に選ばれたのはこの上なく栄誉なことなのです」

そう。美幸が今回、志鶴からの提案を呑《の》んだのは、彼女たちが言う通り南之院家が髪結い師の教育に熱心な家系だからだ。というのも、それは前時代の国神によって決められた方針が関係しているらしい。

それは、清貧だ。

そしてそれによって一番制限がかけられたのは、髪結い師の育成だった。

当時は各家で髪結い師の家系を持ち、育成を含めて家系内で行《おこ》なっていたそうなのだが、それが族長の家系以外で禁止になったそうだ。なのでそれ以降の現人神は族長の家に頼るか、外から一般人の髪結い師を調達しなければならなくなったのだ。

美幸様は、それを呑んだ当時の神族たちにひどく怒っていらしたわね……。

ただそれが、華弥がこうして梅之宮家に嫁ぐ理由となっているのだから、悪いことばかりでもない。

そして茜と周は、そんな髪結い師事情を持つ神族たちの中でも髪結い師の重要性を説いて育成に力を入れ続けてきた、南之院家の人間だった。

言葉の端々から、二人が神族専属の髪結い師であることに対しての誇りというものが垣《かい》間見《まみ》える。そのことに、華弥はなんだか嬉《うれ》しくなった。同時に、梅之宮家の人たちが華弥に対して好意的だった理由を、改めて悟る。

神族にとっての髪結い師は本当に、とても大切なものなのだと。茜と周の姿を見て実感した。だってそれくらい、二人は自身の職務に対しての自信と誇りを持っていたからだ。

……心のどこかで、髪結い師なんて、って思っていた。

華弥自身、誇りをもって仕事をしていたとは思っている。しかし周りの目は厳しかったし、女性がおしゃれをすることに対して殊更悪く言う人も多かった。だから少し前までの華弥はなんとなく、それを口にすることが恥ずかしいと思う心があったのだ。

だが、今はどうだろう。華弥は本当に必要とされてここにいる。きっと美幸たちとて、志鶴からの提案を断ってもよかっただろうに、より詳しく確かな教育が受けられるからと、斎をつけてまで送り出してくれた。

ならば華弥も梅之宮家の一員として、ふさわしい心持ちでいたい。そう強く思う。

そんな思いもあり、華弥の背筋も自然と伸びた。

華弥は二人を見て、深々と頭を下げる。

「茜先生、周先生。ご指導ご鞭撻《べんたつ》のほどよろしくお願いいたします」

その様子に、二人は顔を見合わせてからしゅっとたすき掛けをした。

――そうして講義が始まってから、早一時間。

教本と手帖《てちょう》、鉛筆を手にしながら、華弥は二人の説明を真剣に聞いていた。

「……とまあひとまず、本日の講義はこんなところでしょう」

「分かりましたか、華弥さん」

「はい！　茜先生、周先生！」

華弥は目を爛々《らんらん》と輝かせながら頷《うなず》いた。

といっても、初日だからか二人の講義は本当に初歩的なもので、初心者の華弥にも大変分かりやすいものだった。

たとえば、櫛の手入れの仕方とか、櫛の扱い方とか。

華弥が普段から気にかけているもの——たとえば落とした櫛を使わないだとか——から神族独特のものまであり、その中でも華弥が納得したのは、事あるごとに『清める』という工程があることだった。

そして『清める』と言っても水で濯《すす》ぐ、というだけでなく、榊《さかき》の枝を当てたり、塩を振ったり、酒を振ったり。清めるものによって清め方も、清める時機も変わるようだ。

清め方が違うのも、おそらく清めるものの質にもよるのだろう。実際、櫛の材料である木材に水分は大敵だ。最悪割れて、使用者を傷つけてしまう恐れがある。合理的な理由もあるのだろうと推測できる。

何より渡された教本がきちんとまとまっていて、読みやすい。

きっと何度も分かりにくい部分を嚙《か》み砕き、改訂を重ねていったのだろう。神族と何の関わりもない華弥にすら理解できる内容ということは、つまりそういうことだ。

そんな大切なものを譲ってもらえたことは、華弥にとって何よりの贈り物といえた。

それに私、お二人のことが好きだわ。

講義を受けた時間は短いが、華弥はすっかり茜と周に好感を抱いていた。

それは専属髪結い師としての誇りを隠そうともしない姿勢もそうだが、その上で彼女たちが流行の情報を取り入れることに躊躇《ためら》いがない、というのが気に入ったのである。伝統を大切にしながらも、流行を取り入れることができる。その柔軟性はまさしく、華弥がずっと尊敬してきた母の在り方とそっくりだ。

そのためにこにこしていると、二人が訝《いぶか》しむような目を向けてくる。

「なぜそんなにも上機嫌なのでしょう……」

「初めから相当厳しくしましたが……」

きょとん、と華弥は目を丸くする。

「確かに厳しかったかと思いますが、丁寧に教えていただきましたし……教本まで渡してくださいました。それにこれらの知識が主人のためになると考えると、とても嬉しいです。ありがとうございます、先生方。今後ともよろしくお願いいたします」

そう言ってぺこりと頭を下げれば、二人は顔を見合わせる。そして咳払《せきばら》いをした。

「……大変良《い》い心がけです」

「ええ、ええ、本当に」

「次の講義は来週の火曜日です」

「また今日と同じ時間にいらしてください」

「はい、先生方！」

そんなこんなで華弥は想像よりも遥《はる》かに楽しい時間を、南之院家にて過ごすことができたのだった。

そうして無事に講義を終えた華弥は、斎たちが待つ客間に足を運んでいた。

中に入れば、二人が笑顔で迎えてくれる。

「あら、終わったようね」

「はい、南之院様。ありがとうございます」

「おかえりなさい、華弥さん。とても充実した時間を過ごせたようですね」

斎にそう言われ、華弥はぱっと自身の顔に手を当てる。

「……そんなにも顔に出ておりましたか？」

問えば、斎は何も言わず、ただ笑みを返してきた。それは肯定と同じである。

それを聞き、華弥は途端に恥ずかしくなった。

自分では自覚がなかったが、どうやらかなりうきうきとしていたようだ。何より恥ずかしいのは、それを斎に見破られていたところである。しかし悪い気はしない。

その瞬間、華弥の頭にはる梅のことがよぎった。

きっとはる梅姐《ねえ》さんのことも、同じように気にかけていたのでしょうね。

そして恋人だったのなら、もっと深く互いのことを知り合っていたはずだ。――今の華弥のように、秘密になどされずに。

そう思ったとき、湧き上がっていた感情が急激にしぼんでいくのが分かった。

思わず表情が引きつりそうになって、なんとかこらえる。そして自身の気持ちから目を逸《そ》らすために、華弥は志鶴に目を向けた。

「その、南之院様。『鬼灯会』に関してのことで伺いたいことがあるのですが、少しお時間よろしいでしょうか？」

「あら、何かしら？」

志鶴が女中に頼んで茶を淹《い》れさせようとするのを「本当に少しなのでお気遣いなく」と制しつつ、華弥は口を開く。

「『鬼灯会』における献上品に関してなのです。『心を込めた手作りの品』ということなのですが、この『心を込めた』というのは、主催者様への気持ちを込めた、ということなのでしょうか？」

そう聞くと、志鶴は一瞬目を丸くしてから笑った。

「ふふ、そんなわけないじゃない」

それと同時に「確かに樟葉《くずは》についてよく知らなければ、どういう意図の試練なのか分からないかもしれないわね」と呟《つぶや》く。

華弥が首を傾《かし》げていると、志鶴は続けた。

「そもそも主催者である樟葉は、人の感情……その中でも『愛』や『恋』といった、他人を想《おも》う熱い感情が大好きなのよ」

「『愛』『恋』ですか？」

「ええ。だから、樟葉に対しての感謝だとか、そういうものを込める必要はないわ。むしろ彼女はそういう感情を求めていないから、その時点で落とされるでしょうね」

あやかしの中には、感情を好んで食べるモノもいるのだとか。その中でも樟葉は『愛』と『恋』が好きなのだという。

それを聞き、華弥はほっとするのと同時に志鶴への好感度を上げた。

やっぱり、南之院様は意地悪な方ではなかった。

準備期間が短い中、美幸に『鬼灯会』の招待状を送ると言ったのは、『玻璃鬼灯』を入手できる機会があるからこそだと思っていたのだ。だから華弥は決して、『心を込めた品』に制作期間は関係していないと考えていた。

そして志鶴の言葉でそれを確信し、ほっとする。美幸の顔を曇らせるような結果にならなくてよかった。

華弥が内心うきうきしていると、志鶴が言う。

「それでも分かりにくいようならば、誰かのために作ったらいいんじゃないかしら？　たとえば好きな人だとか」

その言葉に一瞬、華弥の体が硬直する。しかしすぐに取り直した。

「大変貴重なご意見、ありがとうございます。主人にお伝えさせていただきます」

「ぜひ。――何度も言っているようだけれどあたくし、あなたたちにはとっても期待をしているのよ？」

それはきっと、美幸と斎のことだろう。そう思うのに。

私のことも、見ているような。

自意識過剰かもしれないがそう思ってしまい、華弥は慌ててその考えを捨てた。

いけない。私はあくまで一般人だった人間だもの。現人神に期待をかけられるような存在じゃないわ。

そう思いながら。華弥と斎は、南之院家への初日の訪問を終えたのだった。

＊

その日の夜、華弥は美幸と吉乃と共に風呂場にいた。なぜ風呂場にいるのかというと、美幸の入浴を吉乃と共に介助するためだった。

ちょうどよかったので、華弥はその場で志鶴から聞いたことを二人に伝える。

「……というわけで、献上品は『愛』か『恋』の感情を込めたものであればなんでもいいそうです」

美幸の髪を洗いながらそう言えば、彼女はむむむ、と顔をしかめる。そんな彼女の顔を尻目に湯を汲《く》んで髪の薬剤を流せば、つやつやとした黒髪があらわになった。

相変わらずの美しさにうっとりする一方で、華弥の視線は美幸の背中に向いていた。

白い肌を彩るのは、目を見張るほど青い梅の花だ。それも左側にだけ寄って、まるで片翼の鳥のように咲く姿は、ひどく美しい。

綺麗《きれい》。

思わずそう言いたくなるほど美しく咲く花は、『神紋《しんもん》』と呼ばれるものだ。現人神にのみ現れる印で、それぞれの家門が掲げる花が咲く。

本来であればみだりに人に見せたりはしないらしい。なので華弥が来て当初、入浴の介助をしたいと希望したときは、通らなかったのだ。

しかし今は違う。きちんと信頼してもらっている。

そのことを喜ぶ心はあるのに、どうしてこんなにもずっと不安なのだろうか。

そう思いながら、華弥は美幸に微笑《ほほえ》んだ。

「美幸様。もう大丈夫です。どうぞ湯船で温まってください」

「ありがとう」

そう言いながら、美幸は湯船に身を浸す。今日は乾燥させたどくだみを入れていた。どくだみはむくみ解消や炎症緩和に効果的な薬草だ。乾燥させると効果は薄れるが、独特の臭いは抑えられる。苦手な人もいるだろうと、華弥は敢《あ》えて乾燥させたものを布袋に入れ、湯に落としていた。

そもそも華弥がなぜ美幸の入浴の介助を手伝いたいと言ったのかというと、美幸の髪の状況を見つつ、さらによいものにしていきたいと思ったからだ。

髪というのは、洗い方でも傷み具合が違ってくる。髪が大切なら手入れは欠かせない。また肌の健康を保つことも髪の健康にもつながるため、入浴剤を使ったらどうかと提案したところ、全員一致で認められて今に至る。

特に入浴剤は皆に好評で、提案した華弥としても評判を直《じか》に聞けるのは嬉《うれ》しかった。

そのためいい気分になりつつ、吉乃と共に後片付けをしていると、湯船に肩まで浸《つ》かりながら考え事をしていた美幸が口を開いた。

「ねえ、華弥」

「なんでしょう？」

「華弥は恋をしたことがある？」

「……へっ？」

突拍子もない言葉を聞いて、華弥は危うく持っていたたらいを落としかけた。それを見た吉乃がくすくすと笑う。

「華弥ちゃんったら、そんなに驚くことでもないでしょ～？」

「そ、それはそうですが……」

ただどうして美幸がそんな話をしてきたのか理解できず、華弥は困惑した。

すると、美幸はこちらを見ながら言う。

「ごめんなさい、驚いたわよね。でもわたくしは本気なの。だってわたくしが唯一自信を持って気持ちを込められそうなものは……あの方に対してのこの想いだけなの」

そう言い、美幸は自身の胸元の前でそっと拳を握り締める。

それを聞き、華弥はつい先日、美幸が琴葉《ことは》たちと恋について話していたときのことを思い出した。

『やっぱり、嫁ぐのであれば素敵な方がいいわね！　それも、物語の中に出てくる殿方のような！』

『もう、琴葉さんったら。夢を見すぎではありませんこと？』

『あら、よいではありませんか。「運命の恋」なんて、情熱的で素敵ですし。それに夢を見られるのも今だけでしょう、絹香《きぬか》さん。……先輩方の中でもお早い方は、もう嫁ぎ先を見つけて中退なさっていますし』

『琴葉さんの仰《おっしゃ》ることはもっともだと思いますわ。……ですが、わたくしはそれでも、夢を諦めまいと決めたのです』

『……美幸さんには、お心に決めた方がいらっしゃるのですか？』

あのとき、美幸は琴葉の質問をはぐらかした。だが今なら。

そう思い、華弥が美幸の言葉を待っていると、彼女はふわりと笑う。

「……華弥にはばれてしまっているみたいね」

「……それでは」

こくんと、美幸は頷《うなず》いた。

「そう。わたくしには、お慕いしている方がいるわ。そしてその方は……次期国神になられる方なの」

美幸の切実な言葉に、華弥はごくりと唾を呑《の》み込んだ。

それを見て、美幸は苦笑する。

「今まで、黙っていてごめんなさいね、驚いたでしょう？　こんな理由を聞いて華弥に失望されないかって思って、貴女《あなた》にだけは言えないでいたの」

「それは……」

「でも、国を変えたいと言ったことも間違いじゃないのよ。ただそれは途中目標であって……最終的な目標は、あの方と共にこの国を統べて、あの方が幸せに過ごせる国を作ることだから」

その声音からはひどく切実なものが滲《にじ》んでいた。そして、次期国神への想いも。

それが本気であることは、誰の目から見ても明らかだろう。だから華弥は微笑んだ。

「そのような大切なことを教えていただけて、嬉しいです」

「……呆《あき》れたりしないの？」

「どうして呆れたりするのでしょうか？　ご立派なことだと思います」

少なくとも華弥はそんな目標をいくつも立てて、自分の人生というものを設計したことはなかった。だが、美幸がどんな思いでそれを成そうとしているのか、そしてそれがいかに難しく険しい道だと分かっているのかくらいは分かる。

そしてそんな真摯な思いを、華弥は否定したくなかった。

「……むしろ、とても羨ましいくらいだわ。

「美幸様は、ご自身の覚悟と同時に、使用人の皆様全員の望みを叶《かな》えるだけの覚悟があると、そう思っています。でないと皆様がこんなにもお慕いして、ついて行きたいと思ったりしませんから」

「華弥……」

「そしてそれは私も同じです」

美幸は、目的のためならばいかなるものでも挑んでいく覚悟を持っている。それは普通に生活を送ってきた華弥にはないもので、眩《まぶ》しいくらいだった。

そしてだからこそ、美幸のそんな気持ちを尊重して支援したいと、そう思うのだ。

それくらいしか、華弥にはできないから。

そんな気持ちを胸に秘めながら、華弥は微笑んだ。

「でしたら、とっておきの気持ちを込めて手作りしないといけませんね」

「そうね……何がいいかしら」

美幸、華弥、吉乃の三人で唸《うな》る。

手作業が苦手な美幸様がお作りできるくらい、難易度が高くなくて、それでいて想いを込められるもの……。

「……組紐《くみひも》はいかがでしょう？」

瞬間、吉乃と台詞《せりふ》がかぶり、二人は揃《そろ》って顔を見合わせた。そして破顔する。

「かぶりましたね、吉乃さん」

「ふふ、本当ね」

二人がくすくすと笑う中、美幸は首を傾げる。

「どうして組紐なの？」

同じものが思い浮かんだのであれば、理由も似ているだろう。

そう思いながら、華弥は先に口を開いた。

「組紐は、『縁を結ぶ』『人と人を結ぶ』といった縁としての意味合いが含まれる装飾品なんです。なので誰かのために作るのであれば、ぴったりなものかなと」

「そうです。それに、美幸様も美幸様の想《おも》い人も『現人神』であられますから。髪を彩る装飾品はいっとう特別な意味を持ちますよね？」

「なるほど……」

　美幸が感心する中、吉乃はさらに続けた。

「それに複雑な柄や形にしないのであれば、組紐は割と簡単に作れます」

「ほ、本当っ？」

「はい。わたしが道具も持っていますから、ご安心を！　ただその分、根気のいる作業にはなりますから、そこは覚悟してくださいね」

「うっ。わ、分かったわ……！」

　美幸と吉乃の、まるで姉妹のようなやりとりに思わず笑みが浮かんでしまう。

　すると、吉乃がパンッと手を叩《たた》いた。

「そうと決まれば、やることをやっていかないといけませんよ！」

「やることって？」

「それはもちろん、お買い物です！　組紐をお慕いする方のために作るなら、どんな色の糸を使って作るか考えるところから戦いは始まるんですから！」

　主人以上に燃えている吉乃の勢いに笑っていると、そんな彼女の鋭い視線が華弥に向く。

「もちろん、華弥ちゃんも行くのよ！」

「え。で、ですが私はあまり外に出ないほうが……」

「本家の馬鹿どもの件⁉　そんなの大丈夫！　わたしもついているもの！」

「え、ええ……」

　思わず美幸に助けを求めたが、彼女はいつもとは違い本当に不安そうな、まるで濡《ぬ》れた子犬のような顔をしてうんうんと頷き、華弥にすがってくる。

「か、華弥もお願い！　ついてきて！　そしてわたくしと一緒に組紐を作って……！」

「それは……」

「一人で作るのは不安なの……！　ね……っ？」

　そこまで強く頼まれて断れる人間はいるだろうか。少なくとも華弥は、主人のそんな切実な頼みを断れるような性格はしていなかった。そのため、勢いに押される形で首肯する。

　――そうして華弥は翌日、美幸たちと組紐の糸を選ぶために出かけることが決定してしまったのだった。

＊

　華弥たちが『鬼灯会』の献上品で盛り上がる中。

　その一方で斎は、私室である手紙を開封していた。

それは、花街のとある楼主からのものだった。

そこには華弥のことについて把握できなかったことへの謝罪と、斎の作戦に了承する旨が書かれている。その上で、最後にこう書かれていた。

『華弥さんに手を出したのであれば、我々も容赦しません。』

その一文を見て、斎は笑う。

「華弥さんは本当に、梅之宮家の人間に愛されていますね」

そしてそれを知らないのが本人だけだという事実が、これまた面白い。

そのことを眩しく思うのと同時に、少しばかり嫉妬しながらも。

斎は別の紙を文机《ふづくえ》に広げる。

それは、以前志鶴に教えられた帝都の名所について書かれた紙だった。

斎なりに精査して、日程などを考慮した上でいけそうな行事に当たりをつけてある。

華弥さんを外出に誘う前に、本家の件は片づけなければ。

そう思いながら。

斎は目を細め、口を開いた。

「陸《ろく》」

「ここに」

現れた忍《しのび》に、斎は端的に用件を尋ねる。

「狐《きつね》、狗《いぬ》、狸《たぬき》の怪異の用意はできていますか？」

「ご指示通りに、数を揃えております。また結界の用意も既に整っておりますので、もし怪異が逃げたとしても、現世《うつしよ》の方々にご迷惑をかけることはございません」

「そうですか」

準備がつつがなく進んでいることに安堵《あんど》しつつ、斎は告げた。

「であるならば、すべて作戦通りに」

「御意」

そう言い、とぷんと影に紛れて消えてしまった陸を見送ってから、斎は二枚の紙をそっと指先でなぞる。まるで壊れ物を扱うような、繊細な手つきだった。そんな彼の顔が愛おしいものを見るような、そんな目をして微笑《ほほえ》んでいたことなど、きっと誰も知らないだろう。それこそ、斎自身もだ。

「……罪過は必ず償わせます。なのでどうか……待っていてくださいね、華弥さん」

その言葉は、伝えたい彼女には届かないまま――ひっそりと、夜の闇に溶けていったのだった。

四章　髪結い乙女、恋い初める

休日。

華弥《かや》は美幸《みゆき》と吉乃《よしの》と共に、百貨店の手芸売り場に来ていた。組紐に使うための糸を選びに来たのだ。

しかし糸の棚をじっと見つめていた美幸は、首を横に振る。

「うーん。わたくしが考えている、あの方に相応《ふさわ》しい黄色はないわ……」

そう言いしょんぼりと肩を落とす美幸に、吉乃は笑いかけた。

「ほらほら、落ち込まないでください！　糸を取り扱っている場所はここだけではありませんし、別の店に行きましょう！」

そう言い、外に出て人力車に乗った美幸のとなりで、華弥は彼女に問いかけた。

「美幸様の中で、これだというお色があるのですよね？」

「ええ。あの方が現人神《あらひとがみ》としての姿をなさっているときの、美しい瞳の色と同じものが良《い》いなって……」

そう言う美幸の顔は完全に、恋する乙女のそれだった。

歳《とし》相応の少女らしい表情を見て、華弥は密《ひそ》かに微笑む。

同時に、とても大人びた美幸をそんな表情にさせる殿方はいったいどんな方なのか、気になり始めた。

次期国神《くにつかみ》様なのよね……。

美幸が言うには、烏羽《からすば》色の美しい髪を持ち、金色の瞳を持つ見目麗しい青年だという。

そもそも国神というのは、他の現人神のように先代が亡くなった後、七歳までの血族の神族に現れるものではなく、儀式によって徐々に継承されるものなのだそうだ。

そのため次期国神に選ばれた後継者は、七歳から数えで奇数の歳に毎回、国神としての力を継承される。そして二十五歳のときにようやく、国神としてのすべての権限と力を有することができるのだ。

そして次期国神である美幸の想い人は、今年で二十一歳を迎えるという。

「……彼とは、幼い頃に一度お会いしたことがあるのよ」

人力車に揺られながら、美幸がぽつりとこぼした。その瞳ははるか遠く、過去へと向けられている。

「北の里に視察をしに来たときにね、お会いしたの。とてもご立派な方で……一目見て、とてもお美しいと思ったの」

「美しい、ですか……」

「ええ。あの頃のわたくしは周りが醜い者たちばかりで、辟易《へきえき》していたから……あの美しさはまるで太陽のように鮮烈で、わたくしの視線を奪ったの。……もちろん、わたくしが彼のそばにいたいと思ったのは、それだけではないのだけれどね」

そう言いながら、美幸は恥ずかしそうに笑う。

「あの方は仰《おっしゃ》ったの。この国の在り方を……神族たちの意識を変えたいと。そしてそれはわたくしが梅之宮《うめのみや》家に対して考えていたことと同じだったわ。だから共感して……同時に、国のすべての神族を変えたいと仰ったその崇高な理想に、目を見張ったの。でも、あの方の目は本気だった……」

そのときの目が、忘れられないの。だからその目と同じ色をした組紐《くみひも》を作りたいの。

美幸がうっとりとした様子で語る言葉に耳を傾けながら、華弥は微笑んだ。

「美幸様は本当に、愛していらっしゃるのですね」

「そうね、好きよ。……だから、この機会を逃すわけにはいかないの」

決意と覚悟。

その燃えるような感情に触れた華弥はますます、美幸の力になりたいと思った。

そのため、今日一日を美幸が求める色の糸探しに費やそうと気合を入れた。

入れたのだが。

――昼になってからも、美幸が求める色の糸には出会えなかった。

　昼食を取ろうということで一度梅之宮家に戻ったが、晴信《はるのぶ》が用意した美味《おい》しそうなオムライスを前にしても、美幸は食が進まないらしく落ち込んでいた。普段ならば大喜びしているはずなのに、これは重症だ。

「まさか、糸選びがこんなにも難航するなんて思わなかった……」

　まるで萎《しお》れてしまった花のようにへにゃりとした様子の美幸を、吉乃が慰める。

「まあまあ。この暑さですし、お疲れのときに考え事をなさるとより疲れてしまいますよ」

「……でも、こんなにも探して見つからないなら……妥協するしか……」

　そう美幸が口にした瞬間、吉乃がすごい剣幕で美幸に迫った。

「美幸様、それはいけません！」

「よ、吉乃……？」

「よくお考え下さい。美幸様は、『鬼灯会《ほおずきかい》』のために組紐を作られているのだということを」

　美幸の手を取りながら、吉乃は熱弁する。

「美幸様がそのお色がいい理由は、次期国神を彷彿《ほうふつ》とさせる色でお似合いになると、そう確信なさっているからですよね」

「そ、そうよ……」

「ならそこを悩んでいることも、苦労して理想の色を探すことも含めて、それは『愛』であり『恋』なのです」

それを聞き、美幸はハッとした顔をした。同時に、華弥もその言葉に胸を打たれる。

悩むことも含めて、愛……。

なら今、華弥が斎《いつき》とはる梅《うめ》のことで悩んでいるのは。

そう思ったとき、美幸がぐっと強い目をして頷《うなず》いた。

「……そう、よね。それに、まだ時間はあるんですもの。こんなことで落ち込んでいたら、組紐を完成させられないわ」

「仰る通りです、美幸様。なのでもうひと頑張り、いたしましょう」

吉乃の言葉を受けてやる気を取り戻す美幸に安堵しながら、華弥は口元に手を当てた。

でも、時間がないのも事実だわ。だから妥協しなければならないことは必ずある……。

それに、午前中の間で周辺の糸を扱う店は見て回った。それでもなかったのであれば、少し遠出をする必要が出てくる。この暑さの中、それはだいぶ体に負担がかかることだろう。美幸の健康面を考えると、あまり取りたくない手段だった。

だけれど、吉乃の言う通りそうやって悩んでいることも含めて『愛』『恋』と呼べるのなら、この過程は必要だろう。

「……色……」

そこで華弥はふと、あることを思い出した。

……そうだわ、入浴剤。

最近使ったのはどくだみだが、これには別の使い道もある。

そのうちの一つは、薬草茶として煮出して飲むこと。

そして他には、染料として利用することがある――

「……染料を買ってきて、ご自身で染めてみるというのはいかがでしょう？」

華弥がそう口にすれば、美幸と吉乃が目を丸くする。

「自分で染める……？」

「はい。ないのであれば、自分で作るというのも一つの手かと」

「確かに……それに糸なら、布を染めるよりは染めムラもできにくいし、理想の色が探しやすいかも……」

そう呟《つぶや》いた吉乃は、瞳を輝かせた。

「よし！　なら染料を買いに行きましょう！」

「なら、わたくしも……」

そう言う美幸を、華弥は制する。

「美幸様はどうぞ、お休みになってください。帝都の夏は暑いので、今日はもう、外出は控えるべきかと」

「そうですね、美幸様が体調を崩されては元も子もありませんし……」

「はい。それに染料でしたら、入浴剤を作るのに普段から使っている薬問屋があります。店主とも顔見知りですから、そう苦労せず手に入れられるかと。糸も白色であれば、どの手芸店にもありますし」

「さすが華弥ちゃん、頼りになる！　わたしもついて行くわ！」

きっと護衛という意味だろう。華弥は吉乃の提案に頷いた。

「はい、お願いしますね、吉乃さん」

そうして華弥と吉乃は巴《ともえ》に美幸の世話を頼み、再び外へと向かったのだった。


糸。それに染料と、媒染剤。

それらを無事に購入した華弥と吉乃は、帰路についていた。

「欲しいものが一通りそろってよかったね～」

「本当に、安心しました」

「まあでも、糸を染めるのは明日かな。それ以外にも道具を用意する必要があるから」

「そうですね。美幸様のためにも、理想の色が見つかるといいのですが……」

そう笑いながらも、華弥は手元の紙袋を見てこっそりため息をこぼした。

……つい私も、自分で組紐を作るために使う糸を買ってしまったわ……。

それ自体はいい、だって美幸と約束をしていたのだから。

ここで問題となるのは、その色が深い瑠璃色だという点だろう。

――華弥がこれを手に取ったのは、この色を見た瞬間「斎さんの色だわ」と。そう思ってしまったからなのだ。気づいたときには会計を済ませており、引き返せない状態になっていた。

でも、まだ髪紐《かみひも》を返せていないし……そのお詫《わ》びとして組紐を作って渡すこと自体は、全然おかしくないわよね……？

自分に言い訳をしつつ、華弥は吉乃を見た。

「ここまで来たことですし、折角ですから使用人の皆さんに何かお土産を買って帰りましょうか？」

「あ、そうだね！　何かいい場所はある？」

そう問われ、華弥はうーんと唸《うな》る。

この辺りは花街に近いから、割となんでもあるのよね。

今回染料を購入した華弥が薬問屋を贔屓《ひいき》にしていたのも、路子《みちこ》の店である髪結い処《どころ》『路《みち》』に近いからだ。

また花街付近というのは、花街に関係する店が集まっていて人の入りが見込める立地なので、食べ物屋も多く軒を連ねている。なので選択肢は多い。

うーん、この時季だし、菓子司《かしつかさ》で季節の本邦菓子を買う？　それとも、以前斎さんと食べに行ったみつ豆の店で、芋羊羹《いもようかん》でも買おうかしら。あそこの芋羊羹は有名だし……。

そして新しい味を晴信に食べてもらえれば、その分美幸が帝都の味を楽しめる機会が増える。一石二鳥だ。

「……暑い時季ですし、季節の本邦菓子を買いに菓子司に行きましょう、か、」

そう、華弥が吉乃のほうを見たとき、だった。

――視界の端に、斎らしき人物が映ったのは。

……え？

思わず目を瞬《しばたた》かせた華弥は、固まる。

斎さんが、なんでこんなところに……。

帽子を目深にかぶっているが、間違いない、斎だ。

しかも、彼は花街があるほうへと足を進めている。

ここの道を通り抜けに使う人間はいない。そういう場所だからだ。もし使うのであれば、どちらにせよ後ろめたい人間だろう。

ただ華弥が動揺したのは、脳裏にはる梅の姿がよぎったからだった。

……もしかして斎さんは、はる梅姐《ねえ》さんのお墓参りに行ったのかしら。

ちらりとだが、その手に花を包んだらしき包み紙が見えたので、そう推測する。

芸妓《げいぎ》は基本的に、花街近くにある共通墓地に埋葬されることが多い。ただはる梅は周囲の芸妓たちの声もあり、個人の墓を持っていた。華弥もお彼岸には母の墓参りと共にはる梅の墓参りもしていたので、知っている。

彼が花街で遊ぶという想像はしづらいから、わざわざ花街へ足を運ぶ理由はそれくらいしか考えられなかった。

なのに、そのことにひどく驚き、動揺している自分に困惑する。

……なんで、こんなにも……。

こんなにも、斎とはる梅の関係が気になってしまうのだろう。

なぜ、斎とはる梅が恋仲だった可能性を考えて、勝手に傷ついてしまっているのだろう。

……お似合いの、お二人でしょうに。

ずきり。

胸が鈍く痛みを訴えてくる。

それにぐっと耐えていると、吉乃が不思議そうな顔をしていた。

「華弥ちゃん？　どうかした？」

「……いえ、なんでもありません。菓子司に行きましょうか」

そう言い、華弥は笑った。

私、ちゃんと笑えているかしら。

笑えていますように。

そう願いながら、華弥は吉乃と共に練りきりを買ってから、帰路についたのだった——

＊

華弥たちが、『鬼灯会』の準備のために糸を購入する中。

梅之宮家の『本家派《ほんけは》』の男たちは、夜に花街で宴《うたげ》を開いていた。

今日が初めてというわけではなく、ここ最近毎日のように宴会をしている。理由は特にない、ただ楽しいからだ。

「いやあ、帝都は好かんところだが、こういう華やかさは悪くないな！」

「その通りだ！」

そう言い、ゲラゲラと笑いながら酒をあおる。芸妓たちを大量に侍《はべ》らせ、美酒と美食に舌鼓を打ちながら快楽に溺れる。それは、ここ最近の彼らの楽しみの一つだった。

何よりいいのは、北の里にいれば本家の人間の顔色を窺《うかが》わなければならないが、ここではそれがないところだろう。

それにこの置屋は、梅之宮家が経営する場所だった。なので関係者は皆、梅之宮家の分家の者で形成されている。

またここは、梅之宮家の中でも毒にも薬にもならぬ敗者であり、失敗作が送られる、墓場も同然の場所だった。だからここでいくら横暴にふるまおうが、それを咎《とが》められる人間はいないのだ。それもまた、彼らが連日宴を開いている理由でもあった。

本来の目的である髪結い師を害することは失敗したが、まだ時間はある。それに、別に失敗したとしてもさほど害はないのだ。ここ最近、美幸たちが目立った行事に参加する様子はないのだから。

それに、本家の人間もそこまで咎めたりはしないだろう。適当に聞こえの良い《い》報告をすればいいのだろうし。

そう、彼らにとって重要なのは、今だ。今、楽しめればそれでいい。今までだってそう生きてきたし、これからだってそう生きていく。ただそれだけのことだった。

だって彼らは、努力も研鑽《けんさん》も、そして修練も積まず、現人神からの恩恵によって神力を行使してきた人間なのだから。

現人神からの好感さえ得ておけば、神力という絶対的な力がなくなることはなかったのだから。

だから。

だから、彼らは気づかなかった。否、気づけなかったのだ。自分たちがいる置屋の周囲に、結界が張られていたことを。

そして芸妓たちが、人ならざるモノに変わっていたことを。

――くわん。

初めに現れた症状は、目眩《めまい》だった。しかし酒に酔っていたため、それによる酩酊《めいてい》感だと思い誰も気にしなかった。

だが。

――くわん。

次に目眩がしたとき、目の前にはまったく別の光景が広がっていたのだ。

「ここは……？」

狐《きつね》につままれたような心地になりながら、その男は周囲を見回した。

見れば、手元にあった酒や料理はおろか、宴を開いていた会場ごと跡形もなく消え去り、別の場所に立たされている。

酔った頭で必死に考えた結果、そこが本家の廊下に近いことだけは分かった。

だが、一緒に飲み食いをしていた仲間がいない。

ただ一人。

それが尋常じゃない状況であるとようやく把握したが、もう遅かった。

――グルルルルッ。

そんな唸り声が、背後から聞こえたのだ。

恐る恐る振り返ってみれば、そこには犬がいる。

それも、大きな。人の身の丈をはるかに超える大きさの犬だ。

「ひっ！」

悲鳴を上げた男は、廊下を全速力で駆け始めた。

すると、犬も追いかけてくる。荒い息遣いと吠《ほ》える声が聞こえ、男は震え上がった。

このままだと、食べられる。

食べられたらどうなるのか、そんなことは知らないし知りたくもない。今分かるのは、いち早くここを脱出しなければならないという、その一点のみ。そのため、彼は時間を稼ぐために廊下を走り、延々と続く襖《ふすま》を開いていった。

だが。

「くそ、なんで神力が使えない!?」

普段と同じことをしてもまったく手ごたえが感じられない状況に、男は焦った。

どうして、どうしてだ!?　まさか、神罰!?

神罰というのは、現人神の怒りに触れてしまった神族に科せられる罰だ。神罰が下された神族は、現人神に許されるまで神力を行使できなくなる。

そして周囲が、分家筋の現人神を蔑《さげす》みながらも虐げることができずにいたのは、現人神が持つこの絶対的な権限が理由だった。

だがこの権限には抜け道がある。――現人神の怒りに触れない限りは、神罰が下されることはないという点だ。

つまり、神罰を下すには正当な理由が必要なのである。でなければ信者を失い、現人神自身の力も低下するのだから。

だから彼らとその先祖はそれを利用した上で、より現人神の手綱を握りやすい方法を見《み》出《いだ》した。それが今日《こんにち》まで続いているということは、彼らの計略がとても優れていたからである。

そして男もそれにならって、今まで決して波風を立てることなくやってきたのだ。

だから男には、神罰を下されるような覚えはない。それに、女学校での一件に自分たちが絡んでいたなど、斎たちは知らないはず。

そう思うものの、走り続けた足は限界を訴え失速し始める。肺が軋《きし》み、男はぜえぜえと荒い息を吐き出した。今にも咳《せき》込《こ》みそうなところを、なんとかこらえる。

「くそ！　どうしてこんな目に!?」

つい先ほどまで、あんなにもいい気分だったのに。

何も、悪いことなどしていないのに――

そう思いながら飛び込んだ部屋。

その入口には、大きく口を開いて待ち構える大犬がいた。

「え」

後ろにいたはずなのに。

そう思いながら、彼は勢いのまま犬の口の中に飛び込む。

──想像を絶する痛みに襲われたのは、それからすぐのことだった。

痛い痛い痛い痛い痛い。

バリバリと大きな音を立てながら、咀嚼《そしゃく》される。

肉が、骨が、筋が、犬の強靭《きょうじん》な顎に咬《か》み潰され。肺が、胃が、心臓が、突き立てられた牙によって穴を開けられていく。

あまりにも容赦がなく無慈悲な様に、男は涙や鼻水をこぼしながら絶叫し続けた。

痛くて痛くて意識を失ってもいいはずなのに、しかし彼の脳はあまりにも鮮烈に獣に食べられる痛みを与えてくる。

押し寄せる痛みと恐怖に、気が狂いそうだった。

そうして泣き喚《わめ》き、痛みにもだえ苦しみ、大犬の腹におさまったとき──

ぱちん。

まるで泡が弾《はじ》けるかのように。視界が鮮明になった。

「え？」

そうして、男はまた廊下に立っていたのだ。

何が起きたのか、まったく分からない。

慌てて自分の体を見たが、細切れになったはずの部位はきちんとついていたし、犬に嚙《か》み砕かれた痕はおろか、傷一つついていなかった。

そのことに安堵《あんど》する一方で。

目の前に広がる光景が廊下だという点に、男は表情を引きつらせる。

この廊下は見覚えがある。ここに突如として連れてこられたとき、広がっていたものと同じだ。

ということはそれは――背後から迫るモノも、同じということなのではないだろうか？

そう思い、恐る恐る振り返った男は、暗闇の奥から聞こえる息遣いと唸《うな》り声を聞き、背筋を震わせた。

まさか。

まさかまた、同じようなことが繰り返されるのでは。

その予想違《たが》わず。

再び、地獄の追いかけっこが始まった――

その一方で斎は、そんな『本家派』の男たちが転げ回りながらも逃げ惑う姿を、いくつもある水鏡越しに観察していた。その傍らには、この置屋に住む芸妓《げいぎ》たちがいる。

「……なんとも滑稽なものですね」

斎は呆《あき》れた。

というのも、今回斎が彼らを脅かすために使役しているモノは、狐、狗《いぬ》、狸《たぬき》の下級怪異だったからだ。下級怪異相手にこのざまとは、神族の風上にもおけない。

それに、方法は至極単純なものだった。

狸によって作り上げた異界に惑わせ、狗と狐の怪異を合わせた大犬に彼らを追わせ、食べられるという苦痛を繰り返させる、というものである。

なぜこの組み合わせなのかというと、前回『狐狗狸さん《コックリ》』を利用して幽世《かくりよ》の門を開いた挙句、狐に華弥を攫《さら》われたことに対する当てつけだ。

同時に、自分のほうがもっと上手《うま》く怪異を利用できるという自負でもある。

だって彼らの怪異の使い方は、あまりにも稚拙だったのだから。

怪異にも、特徴はあります。

狐と狸。同じように『化けること』に特化した怪異だが、『狐七化け、狸は八化け』ということわざにもあるように、『化けること』の上手さに関しては狸のほうが上だ。ただ、狸より狐のほうが狡猾《こうかつ》で、狸はどことなく抜けているという面がある。

だから斎は今回、狸に異界を造らせ、狐に狗が大犬に見えるように化けさせたのだ。

敢《あ》えて記憶を辿《たど》らせ、心理的に追い詰めなかったのは、彼らがそんなふうにトラウマを抱えるような人生を送ってこなかったからだ。

大切な人に化けるというのはそもそも、大切な人間がいることが前提になる。

だが、彼らにとって一番大切なのは、自分自身だ。

自分自身が一番だと考える人間には、純粋に無力感を与えつつ、痛みによる苦痛を負わせるのが一番効果的である。

その一方で、断末魔の叫びを上げながらも抵抗する術を持たない彼らを見て、芸妓の一人がぽつりとこぼす。

「これが、神罰ですか……」

その声には恐れが見て取れた。彼女は斎を見てびくりと体を震わせたが、彼は笑う。

「確かに神罰による影響もありますが……これは純粋に、彼らの修練不足の結果ですよ」

そもそも神力というのは、大きく分けて二つ存在する。

それは、現人神の力が増すことによって増える外的な神力と、神族個人が保有する潜在神力だ。

前者は、現人神自身が持つ神力量もそうだが、信仰の数や深さ、そして現人神自身にどれくらい寵愛《ちょうあい》されているかで変わってくる。

後者は本人の資質もあるが、大抵の場合修練によって増加する。そしてこれらは神族個人が保有するものなので、現人神からの神罰による制約があろうとなかろうと、少なからず使えるはずだった。──それこそ、現人神がその者を永久追放し、神族であることそのものを否定しない限りは。

ただ今回本家に命じられて来ていた人間たちはすべて、外的な神力に頼っていたらしく、斎が神罰を与えた結果、誰一人として神力を行使できなかった。

だから、下級怪異のみで構築した迷宮の中にあっさりと閉じ込められ、苦痛を味わう羽目になっているのだ。

その様子を、芸妓の一人が鼻で笑う。

「いい気味です。自分たちがやってきたことがようやく返ってきただけだわ」

それは事実だと、斎は思う。だって彼らは似たようなことを、自分たちが見下していた人間にやっていたから。

──そう。彼らは被害者たちを森に追い込んだ挙句、そこに狗の怪異を放って襲わせていたのだ。

それを覚えていたからこそ、斎は今回こんな方法で彼らを罰することにした。

あのときの男たちはそれを見て嗤《わら》っていたけれど、その方法によって虐げられた人間は大抵、怪我《けが》を負うことになっていた。……そして、死んでしまった者もいたのだ。

さらにひどいのは、身内が死んでしまったときに彼らが放った一言である。

『あーあ。もう死んじまったのかよ』

玩具が壊れてしまったことを残念がるような口ぶりだった。そこに、生き物を殺してしまったという罪悪感はない。逆に、なんで死んでしまったのだとでも言いたげな、不満の感情があった。

あれを見たとき、斎はこのどうしようもない世界は壊さなければならないと思ったのだ。

だってひたすらに醜く、見るに堪えないものだったから。

その報いだと言ったとしても、彼らはそんなこと覚えていないと言うのでしょうが。

むしろ、そう言ってもらわないと困る。困るのだ。

だって。

これは斎たちによる復讐《ふくしゅう》劇の、その開幕に過ぎないのだから。

そして思い知るのだ。

今まで斎たちが神罰を与えなかったのは——このときのために力を隠し、蓄えていただけだったということを。

……ただ今回、神罰による効力を知れたのは大きな収穫でした。

自分たちの家門の、一部の人間に復讐をする。そのことを考えていたときからある程度予想はつけてきたが、実際どれくらい信仰によって得られる神力が減るかは分かっていなかった。

だが今回、斎は確信する。

僕たちに媚《こ》びへつらい、搾取するだけの者たちを切ったところで、僕たちの神力量はそこまで減少しませんね。

それが知れただけで、彼らに手を下しただけの価値はあった。

それに、湧き上がっていた怒りも多少なりとも落ち着く。

……この断末魔の叫びを聞いていたいとは、思いませんけれど。

しかし今まで散々、彼らに苦しめられてきた置屋の人間たちは、その様子を見て大いに喜び、歓声を上げる。可愛《かわい》がっていた華弥に手を出したこともあり、その歓声はよりいっそう大きいものとなっていた。

それが人間らしさの一端であることを、斎は十二分に知っていた。

だから、何も言わないまま見ていた。

そんなときでも頭をよぎるのは、やはり華弥のことだ。

……これで少なくとも、華弥さんに危害が及ぶことはなくなりました。

そして彼らはもうしばらく懲らしめた後、置屋の地下にある座敷牢《ざしきろう》に閉じ込めるつもりだ。本家への偽の手紙も用意してあるので、しばらくは誤魔化せるだろう。

そう思っていると、楼主が近づいてくる。

「斎様、お疲れ様でした」

「いえ、楼主が全面的に協力をしてくれたおかげですよ」

「はは、わたしの力など微々たるものです……それと、復讐への第一歩、おめでとうございます。きっと冥界にいるはる梅の……睦美《むつみ》の思いも報われたことでしょう」

その名前を出された斎は微笑《ほほえ》みながらも、ぎゅっと手のひらを握り締めた。

……報われたのでしょうか。

それに関しては分からない。だって彼女はあまり、こういうことを恨みに思う人ではなかったから。

しかし流行《はや》り病にかかったにもかかわらず、本家からの命令で彼女がろくな治療も受けられないまま亡くなったことは、事実で。

——そう、だから。

彼女を殺したのは間違いなく、本家の人間だった。

……報われなくてもいい、ただ冥界で穏やかに魂を休めて。来世はこんな醜い家ではなく、あたたかくて思いやりのある普通の家系に生を受けて幸せになってくれれば、それでいいのだ。

斎の、斎たちの復讐はあくまで、本来の目的の通過点にあるだけに過ぎないのだから。

「……帰りに、花を供えていこうと思います」

お盆にはまだ早いが、報告をするなら今日だろう。そう思って花も持ってきてあった。百合《ゆり》、桔梗《ききょう》、向日葵《ひまわり》。

斎が庭に咲いているそれらを手ずから切り、持ってきた。そのどれもが、睦美が好きだった夏の花だ。

そんな最中でも、斎の脳裏に浮かぶのは華弥のことである。

……彼女を外出に誘ったら、喜んでくれるでしょうか。

せっかくなので喜んで欲しい。

そう思いながら。

斎は痩せていく月が見守る帰り道、睦美が眠る墓地へと足を運んだのだった——

＊

翌日。

華弥たちは洋館の裏庭で作業をしていた。

たくさんの七輪と鍋を使い、様々な染料を煮出すのはなかなかに暑い。それに臭いもするため、洗濯物干し場からも調理場からも離れたここで作業をしているのは正しかったなと思った。

また自分から提案したことだったが、この時季にやるのは自殺行為だなとも思う。

ただ、やることがあると少しだけ心が安定する。

……昨日は、斎さんが花街に向かった理由を考えて、あまり眠れなかったわ……。

しかも、故人のことなので聞きにくい。

そう思いため息をこぼしていると、そばにいた吉乃が心配そうに華弥を見つめてきた。

「華弥ちゃん、大丈夫？」

「は、はい。大丈夫です！」

「本当？　どちらにしても今日も暑いから、第一陣の染料を煮出したら、一回休もうね～」

今回用意した染料は、黄色系のものばかりだ。

どれも古くから使われている伝統的な染料で、『刈安《かりやす》』『鬱金《うこん》』『支子《くちなし》』『黄蘗《きはだ》』『楊梅《やまもも》』『安石榴《ざくろ》』を用意した。

これらを煮出した後、糸をくぐらせてから媒染剤と呼ばれる色を定着させるための液に漬ける。そうすることで色落ちしにくくなるのだとか。

染料によってもやり方は色々あるらしいが、その辺りはすべて心得ている吉乃がやってくれるそうだ。

「吉乃さんって、染物に関する知識がありますよね。もしかしてそちらのお仕事をしたことがあるのですか？」

「うん。北の里では、手先の器用さを買われてお裁縫ばっかりやらされてたよ〜。染物の知識を得たのも、そこからだったな」

「へえ」

「一番すごいのは、藍かな。あれ、本当にすごいんだよ。染めたら手が真っ青になっちゃうの。落ちないし、本当に大変だった〜！」

そう身振り手振りを交えて楽しそうに語る吉乃の姿を見ていると、心が落ち着く。華弥は思わず微笑んだ。

「今回、とても助かりました。私だけでは、美幸様がお求めになられるものはできていなかったと思いますので……」

「そんなそんな。こういうのは助け合いでしょ？　それに、あたしはいつも華弥ちゃんに助けられているもの。自分の得意分野でくらい、実力を見せないとね！」

そう自信満々に胸を張る姿は、とても頼もしい。

しかし吉乃はすぐに真面目な顔をすると、うーんと唸《うな》り声をあげた。

「でも、美幸様が求められるお色を出すには、何日もかかると思う」

「それはそうですね」

「うん。どれくらい濃く煮出したかで色味は変わってくるし……今回作った分を基準に、数日間かけて濃さの違うものを作るのがいいかな」

そのためにはああして、こうして……とぶつぶつと呟《つぶや》く吉乃の表情は、真剣そのものだった。

それを眺めながら、華弥は首を傾《かし》げる。

「そういえば、美幸様へのご指導はよろしいのですか？」

「組紐《くみひも》の？　うん。ただお疲れだと思うから、これが一段落したら様子を見てきてもらってもいい？　お菓子でも持って」

「分かりました」

そうしてある程度やることを終えた華弥は、糸を染める作業を吉乃に任せて屋敷《やしき》の中へと入った。

さすがに暑いわね……。

ぱたぱたと手であおいでみたが、あまり涼しくはならない。手拭いで額に浮かんだ汗を拭いながら、華弥はふうと息をついた。

梅雨も終わり、もう夏本番だ。

そのため、本日は使用人たち全員が駆り出される形で、建具替《たてぐが》えを行《おこ》なっている。雪見障子や襖《ふすま》を外して簾戸《すど》をはめ込み、畳の上にあじろを敷いたりして、家中を夏のしつらえに変えるのだ。これは木造建築であればやる必要のある、夏の風物詩だ。

華弥たちが免除になってるのは、彼女たちが『鬼灯会』のために奮闘しているからである。吉乃は免除されたことを喜んでいたが、華弥としては少しばかり申し訳ない。

だって、家具を持ち上げたり、襖を何枚も外す作業って重労働だから……。

そしてここまで広いお屋敷ともなると、作業は一日で終わらない。また美幸も休日なので、彼女の部屋はきっと後日模様替えされることだろう。

ただ、軒先に吊《つ》るされる風鈴の澄んだ音と、ジリジリという蟬《せみ》の鳴き声を聞いていると、本格的に夏が来たのだと思わされる。

ジリジリ、ジリジリ。

ちりん、ちりん。

その音を聞きながら廊下を歩いていると、襖を納戸へと運ぶ斎の姿を見つけた。

どきり。

心臓が大きく音を立てる。

しかも斎も華弥の存在に気づいたらしく、笑みを浮かべた。それを見て痛む胸を押さえながら、彼女も笑みを浮かべて応える。

そのまま特に言葉を交わすことなく立ち去ってしまったけれど、不自然ではなかったかしら……。

ここ最近、本当におかしい。斎を見ると胸が痛くなったり、苦しくなったり。それなのに気がついたら、ふと彼のことを捜していたりする。なんとも言えない矛盾だ。

それに斎は、なんら悪いことはしていない。

融通が利かない自分自身に、少しばかり苛立《いらだ》つ。

誰もいないのをいいことに大きなため息をついてから、華弥は厨房《ちゅうぼう》に寄って菓子と冷茶を持ち、美幸の部屋に向かった。


「美幸様、華弥です」

『……どうぞ』

いつもより一拍遅れて許可が出る。

襖を開ければ、そこには丸台と呼ばれる組紐を編むために使う道具と真剣に向き合う美幸の姿があった。その傍らには愛猫の黒猫・こまちが、まるで母親のような眼差《まなざ》しで主人を見つめている。その姿を見て、華弥は笑みを浮かべた。

こまちは本当に人間みたいね。

美幸が何をしているのかというと、本番のために組紐作りの練習をしているのだ。

何事も練習あるのみ！　という吉乃の指導の下、基礎を叩《たた》き込まれた美幸は、こうして無地の糸で組紐を作っているのである。

「……はー！　疲れたわ！」

華弥がお茶の準備を整えていると、キリがいいところまで終わったらしい美幸が、ぐっと伸びをして叫ぶ。

「お疲れ様です、美幸様。今日は暑いですので、冷茶を飲んで一息つきましょう」

「そうね、ありがとう」

美幸は椅子に腰かけると、こまちが待ってましたとばかりに立ち上がり、彼女の膝の上に乗る。それに対して「もう、こんなにも暑いのに」なんて言いつつも、美幸は嬉《うれ》しそうに笑って冷たい緑茶を一口含んだ。華弥もそれにならい飲むと、清涼感のあるみずみずしい味が口いっぱいに広がる。

その上で葛まんじゅうを口にすれば、つるんとした舌触りと上品なこしあんの相性が抜群で、疲れた体に沁《し》みた。

「晴信のお菓子はやっぱり美味《おい》しいわね……」

美幸もしみじみしている。

それに笑いかけると、視界に失敗した組紐の残骸が映った。

華弥がそれを見たのを知った美幸は、気恥ずかしそうに笑う。

「……本当に不器用でしょ？　全然上手《うま》くできないから、悲しくなってしまうわね」

しかしそう言いつつも、美幸はまったく落ち込んでいなかった。むしろ望みの色の糸が見つからなかったときのほうが、この世の終わりのような顔をしていたように思う。

それが不思議で、華弥は思わず聞いていた。

「……美幸様は、お嫌にならないのですか？」

「嫌って……組紐作りが？　もちろん、時折すべてを投げ出したくなるわ。こんなにも失敗作ばかり量産してしまったし……」

「……でしたらなぜそうまでして、続けられるのでしょう」

「うーん。……なんだかんだ、楽しいからかしら？」

楽しい？

思ってもみなかった言葉を聞いて、華弥はひどく驚いた。

それが表情に出ていたのか、美幸はさらに自分の気持ちを言葉にしてくれる。

「ほら、吉乃が言っていたじゃない？　相手のことを想《おも》って色々考えているのも含めて、『愛』であり『恋』なのだって」

「はい」

「いざ苦手な組紐作りの練習をして、わたくし、それが本当だと実感したのよ」

つぅっと、冷茶が入った硝子《ガラス》の器の縁を指先でなぞりながら。美幸は表情をほころばせる。それはまるで花のような、美しい笑みだった。

「あの方のことを考えながら組紐を作っているとね、今まで抑え込んできた気持ちが溢《あふ》れて、それがすべて指先を伝って想いとなって形作られていく気がするの。こんなにも自分と向き合うのはきっと、初めてね。でもそうやっていくうちに、苦手な手作業にも集中できて……何より、わたくしの胸があの方でいっぱいになっていくのが、とても幸せだったの」

「……幸せ、ですか……」

「ええ。もちろん、その過程で悩んだり、投げ出したくなったり、苦しくなったり、目を逸《そ》らしたくなったりすることもあるわ。だってこの出来だし……」

そう言いつつも、美幸の目は燃えるようなやる気で満ち満ちている。

「でも、もう迷ったりしないわ。だってわたくし、こうしてあの方を想って組紐を編んでいて、気づいたんですもの。ああ、わたくしは本当に、あの方のことが好きで好きでたまらないんだって。そして、その気持ちを持ち続けているからこそ、わたくしなんだって」

そんな自分の気持ちをすくいあげることができただけで、わたくしは本当に幸せよ！

そう、まばゆいほどの笑みと共に言う美幸に、華弥は目を細める。

そして、自分の胸に手を当てた。

……自分と向き合う……。

そういえば華弥は今まで、自分の気持ちにきちんと向き合ってきたことが、あっただろうか。

そう考え、なかったなと気づく。そして今まで、それとは反対のことをしてきたことも。

そう思い。華弥はぐっと拳を握り締めた。

……このままじゃいけないわ。

この世で最も身近な人間は、自分自身だ。そんな自分の気持ちを蔑《ないがし》ろにして、他人を幸せにできるはずもない。そう、美幸を見ていて思った。

ならば。

そう思い、華弥は口を開く。

「……美幸様。これからご一緒に、組紐を編ませていただいてもよろしいでしょうか？」

「……え、本当っ？　もちろんよ！　一人よりも二人のほうが、ずっとずっと心強いもの！」

そう言うと、膝の上に乗っていたこまちが仕方ないわね、とでも言いたげな顔をしてから素直に降りた。立ち上がった美幸は、今にも躍り出しそうな勢いで華弥の腕を引っ張る。

はしゃぐ美幸に急《せ》かされる形で、華弥は新たな丸台を持ってきた。そして、斎のような色をした瑠璃色の糸を台へと組む。

組紐は、髪紐《かみひも》にも使われることがあるくらい髪結い師にとっては当たり前の装飾具だ。

なので華弥も編み方は知っている。

あと必要なのは、誰に作るかだ。

華弥の場合、もちろん斎である。

……今度会ったら、斎さんになんて聞こうかしら。そして私はいったいどうしてこんなにも、斎さんのことを考えて胸が痛くなっているのかしら。

そう自分に問いかけながら、華弥はかたん、かたんと軽快に糸を編む。

かたん、かたん。

それからしばらく美幸の私室には、そんな心地好《ここちよ》い作業の音だけが響いていた。

＊

それから数日のときを経て。

すっかり夏のしつらえになった美幸の部屋で、華弥たちは大量の黄色い糸を並べていた。

一つ一つに細い紙が巻かれて束ねられ、番号が記されたそれら。それら一つ一つをつぶさに眺め、手に取り、置き。そうしてじっくりと確認した美幸は、ふっと表情を緩める。

「……これ。これよ、吉乃、華弥！　この色よ！」

おかれた多種多様な黄色い糸の中から一つの糸を持ち上げた美幸は、瞳をキラキラさせながら感嘆の声を上げた。

それを聞いた吉乃は飛び上がり、華弥の両手をぐっと掴《つか》む。

「やった！　華弥ちゃん、やったね……！」

「やりましたね、吉乃さん……！」

「ほ、本当に……本当に……うっ、うっ！」

吉乃が完全に泣いていたが、その苦労を思うと、泣くのも仕方ないかと思う。

だって、本当に大変だったから……。

染料を煮出し、糸を染め、媒染剤に漬けて干す。

口にすれば単純な作業だが、やっていることはとても大変だ。

まず、この夏の暑さの中で火の番をしなければならないという苦痛。

きっちり量を測って記録し、そして配合を少しずつ変えていくという途方もない作業量。

それを数日間かけて行《おこ》なう労力。

色の違いが微妙すぎて、段々と自分の視力が信頼できなくなってくる疑心感。

そして、ここから美幸が欲しい色が見つからなかったら、という別種の恐怖。

色々な要素が混ざり、ここ数日の華弥と吉乃はだいぶ参っていた。

しかしその中から、美幸が望みの黄色を見つけた。

それは、今までの苦労も苦痛も、すべて吹き飛ばすほどの喜びを二人に与えてくれた。

そのため二人揃《そろ》って小躍りしていると、後ろから声がかかる。

「……あの、すみません。今、お取込み中でしょうか……？」

びくりと、華弥は肩を震わせた。

そう。なんと廊下からひょっこりと顔を出したのは、斎だった。

そんな斎を見て、美幸は口をとがらせる。

「ちょっと、乙女の部屋に無断で立ち入らないで頂戴」

「すみません、ですが簾戸《すど》が開いていましたので……」

どうやら、興奮しながら入室したせいで戸を閉め忘れてしまったらしい。

そのことを反省しつつも、華弥は斎の様子をちらりと見た。

……大丈夫。今日はまだ、見ていても緊張しないわ。

組紐《くみひも》を編むたびに自分の気持ちと向き合ってきたからか、以前のように斎を見ただけで固まったりするようなことはなくなっていた。

そのことに安堵《あんど》しつつも、どうしたのだろうかと華弥は首を傾《かし》げる。

すると、斎が華弥を見た。

「実を言いますと、一ついいお知らせがありまして」

「いいお知らせ、ですか？」

「はい。女学校で怪異事件を起こした者たちを見つけ、適切な形で処罰を下しました。なのでもう、華弥さんが一人で出歩いたとしても、問題ないかと思います」

そういえばそんなこともあったな、と華弥は目を丸くした。そして彼が今までそれの対応に追われていたことを思い出し、嬉しくなるのと同時に申し訳なくもなる。

「本当ですか？　それはよかったです。ありがとうございます」

しかし、とても嬉しい報告だということは確かだ。そのため礼を言う。

すると、斎が美幸を見た。

「それで美幸様。お忙しい中大変申し訳ないのですが……一日でいいので、華弥さんのことをお借りできればと思うのです。よろしいでしょうか？」

「あら、どうして？」

美幸が不思議そうに首を傾げる。ただ華弥としては、何か仕事で相談したいことでもあるのだろうと考えていた。

考えていたのだが。

「華弥さんと、外出がしたいのです」

まったく予想もしなかったことを言われ、華弥は思わず、持っていた糸を取り落とした。

しかし肝心の斎は、うーんと首をひねっている。

「あれ、これは今風な言い方ではなかったですね……そう、華弥さんとでぇとに行きたいんです」

言い方を変えたせいで、華弥がより混乱する。

だが美幸と吉乃は、瞳を輝かせた。

「え、まさかのお誘い？　お誘いなのね!?　もちろん、わたくしはいいわよ！」

「え、美幸様……っ？」

「わたしもちろん大丈夫です！　むしろ、ここ数日働き通しだったんだから、一日くらいお休みしてもいいんじゃないかな、華弥ちゃん！」

「え、ええ……」

華弥が困惑した声を上げるが、美幸と吉乃はむしろ歓迎する姿勢だった。

すると、斎が眉を八の字にする。

「……もしかして、お嫌ですか？」

それを聞き、華弥は内心叫んだ。

嫌じゃ、嫌じゃないですけれど……！

でも、困惑が強い。斎とはる梅の関係を知れていないから。

華弥は未《いま》だに、自分の感情に対する答えを見出《みいだ》せてはいない。そしてそれはきっと、斎とはる梅のことが引っ掛かっているからだろう。

なら、ここで解消しておいたほうが、これからの夫婦生活を守るためにも、そしてこれから『鬼灯会』に万全の状況で臨むためにもいいのではないだろうか。

それに、斎と向き合っていくうちに知れる自分の感情もあるだろう。

そう思った華弥は、斎に向き直った。

「……分かりました。でぇと、行きましょう」

「本当ですかっ？」

「はい」

そう頷《うなず》くと、斎が今までにないくらい嬉《うれ》しそうな顔をして笑った。

「でしたら、明日。華弥さんのお時間をいただけたらと思います」

美幸と吉乃が見守る中、華弥は深く頷いた。

――そうして華弥と斎は、二人きりで出かけることとなったのだった。

＊

そうして、でぇと当日の昼前。

華弥は、いつになくめかし込んだ状態で玄関へと続く廊下を歩いていた。

華弥が今日着ているのは、大柄の朝顔と夕顔、扇柄が入った紫の銘仙だ。美幸たちが買ってくれたものの一つで、とても夏らしい装いだと思い選んだ。

でぇとということもあり、髪も普段より丁寧に、かつ余所《よそ》行きということを念頭に置いて、洋髪にしている。化粧も普段よりきっちりしたつもりだ。

かばんも洋風のものにして、今の若者らしい流行を押さえた形にしたつもりだ。だが。

……ねえ、これって、ちょっと力入りすぎじゃない!?

玄関へと向かう間、華弥の頭はそんな言葉でいっぱいになっていた。

実際、いつもより気合の入った装いであることは事実だ。吉乃に色合わせを確認してもらったし、当日に失敗することがないように、前日の夜に何度も自分の髪を結ってみたりしているのだから。

だがいざそのときになると、自分ばかりが浮かれているのではないかという気持ちになり、恥ずかしさがこみ上げてくる。

あ、ああ、でも、今更着替えることも……！　……ええい、女は度胸！

そう気合を入れ直し、華弥は玄関に到着する。すると、そこには既に斎が待っていた。

華弥は慌てる。

「斎さん、待ちましたか⁉　ごめんなさい、ご迷惑を……！」

華弥が謝罪しようとすると、彼は笑いながら首を横に振る。

「さして待っていませんよ」

「ほ、本当に……？」

「ええ。それに」

斎はそう言ってから、とても眩《まぶ》しいものを見るような目をして華弥を見た。

「もし待ったのだとしても、それに見合うだけのものが見れました」

「……え」

「とてもお綺麗《きれい》です、華弥さん。……それを選んでよかった。絶対に、貴女《あなた》に似合うと思ったのです」

いったいどういう意味なのか。その言葉の意味を理解するのに、数秒かかった。

そして気づく。

えっと、待って……つまり……この柄を選んだのが、斎さんだってことで……。

そしてそれがたとえ偶然だったとしても、華弥がでぇとに選んだ着物だというのは……

まるで斎を意識したようではないだろうか？

そう思った瞬間、華弥の顔がみるみる赤くなる。

「……ぐ、偶然ですからっ」

「はい。ですがとても嬉しかったので、つい」

「〰〰〰っ！」

まだ外にだって出ていないのに、顔が火を噴きそうなほど熱くなっている。

その熱を誤魔化すために、華弥は草履を履いた。そして斎を追い立てるように言う。

「ほ、ほら、斎さん。早く行きましょう！」

「ふふ。はい」

初手からまさかのやりとりに動揺したものの。人力車に乗る頃にはすっかり、顔の熱も引いていた。

その足で二人が向かったのは——

「……朝顔市、ですか？」

「ご明察です」

賑《にぎ》わいを見せる市の様子を見て、華弥はほう、と息をはいた。

朝顔市。それは、毎年この時季に開催される市だ。その名の通り朝顔を売る市で、様々な種類の朝顔が並ぶのだ。

この時季に有名なものだと鬼灯市《ほおずきいち》というのもあるが、それと並んで知名度の高い帝都の夏の風物詩である。

「朝顔は、古くからわが国で親しまれている植物です。末広がりな形状で縁起がよく、また薬草として伝来したことから暑い夏を『無病息災』で過ごせるとされているのだとか」

「……知っています」

「さすが華弥さんですね、博識です」

そうは言ったものの、華弥が朝顔市に足を運んだのは数年ぶりだった。母が亡くなってからはめっきり来なくなっていた気がする。それはきっと、病でなくなってしまった母を思い出してしまうからだろう。

……でも、幼い頃は母と一緒に来ていたわ。

華弥の目当ては朝顔というより、一緒に軒を連ねている屋台で買う食べ物だったけれど、歩きながら食べる串焼きや焼き団子は普段食べるものよりも美味《おい》しかった。それはきっと、この場から溢《あふ》れんばかりに感じる熱気のおかげでもあるのだろう。

だが華弥が一番ほっとしたのは、その思い出をすんなり、それも痛みなく思い出せたことだった。

母に関しての記憶はいつも、思い出すとどこか痛みを帯びていたのに。

……これも、連れてきてくれた斎さんのおかげ、なのかしら。

きっとそうだろう。そんなことを思い、胸が温かくなるような気持ちになりながら。華弥はお礼を口にした。

「……ありがとうございます、斎さん」

「なんです？　まだ朝顔も買っていませんよ」

「……ふふ、そうですね」

そんなやりとりをしていたら、通行人が華弥の肩を押した。人の波に呑《の》まれかけ、華弥は動揺する。

さ、さすが朝顔市……人が多いわね……！

だがここではぐれてしまうのだけは避けなくてはならない。そう思った華弥がなんとか踏ん張っていると、手を取られた。

「華弥さん」

「っ！」

ぐいっと。強い力で手を引かれ、気づけば華弥は斎の胸元に引き寄せられていた。

「っ！」

「大丈夫ですか？」

「は、はい……」

はぐれなかったのはよかったが、こうも距離が近いとようやくおさまった熱がまたぶり返してしまいそうになる。

ただ、この場で斎を突き飛ばすわけにもいかず、華弥は緊張しつつもなんとか頷いた。

そんな華弥を見て、斎は言う。

「人が多いですので、ひとまずこのまま進みましょうか」

「こ、このままですか……？」

「はい。大丈夫です、僕が後ろにいれば、流されることはありませんので」

「……わ、わかりました……」

実際、斎の言うことは正しいのだ。だが、彼の手が自身の肩に添えられていると、否《いや》が応でも彼の存在を意識してしまう。

……仕方ない。仕方ないのだから、落ち着いて、私の心臓……！

そのため、意識しすぎないようにと自分に言い聞かせながら、華弥たちは人波を分けて進むことになる。

そんな中でも、斎はいつも通りの声音で華弥に話しかけてきた。

「気に入るものがあれば買いましょう」

「そうですね……」

正直、朝顔どころではないのだが。

だが。

「せっかくですし、路子さんにも買って行ってあげたらどうですか？」

斎がそう言うのを聞いて、華弥は思わずいつもの調子で言ってしまった。

「それは……だめです。路子さん面倒臭がりだから、絶対に朝顔を枯らしてしまいます」

「おや、そうなのですね？　意外でした。てっきり、しっかりした方かと」

「……違うんです、私生活はてんでだめなんです……」

「そんなにも……」

斎が驚いた声で言うのを、華弥は神妙な顔をして頷く。

だがそのおかげか。先ほどよりも変に意識せず、斎と話ができるようになっていた。

……斎さん、狙ったのかしら？

もしそうだとしても、彼はそれを言ったりしない。そしてわざわざ礼を言うようなことではないだろう。だけれど、おかげで心に余裕ができ、普段通り笑えた。

それからは話も弾み、二人は人波に気をつけながら朝顔を見て回った。

前時代から庶民にも親しまれ、品種改良が行われてきた朝顔は、一口に朝顔といっても柄や色が違っていて見ていて飽きない。

道中の屋台で小腹を満たしつつ見て回り、華弥は鉢を一つ選んだ。青と白の模様が美しい朝顔だ。

押し花を栞《しおり》にしたものを、路子さんに渡してもいいかもしれないわ。

路子は本を読むので、栞も使うだろう。そう思いながら、華弥は鉢を梅之宮家の使用人に預ける。

続いて向かったのは、商店街だった。

「百貨店は物がたくさんあって便利ですし、商店の人間を屋敷《やしき》に呼んで品を仕立てるのも楽でいいですが、こういった商店街のほうがなんだか落ち着きます」

「その気持ち、分かります」

斎と手を繋《つな》ぎながら、華弥はこくりと頷いた。確かに百貨店は何でもそろっていて便利だ。それに、梅之宮家はお金持ちなので、逆に商店の人間を呼んで商品を選んだり、また一から注文することも多い。自分好みの柄の着物を誂《あつら》えることができるのは、柄選びを含めて気を配らなければならない立場からするとありがたいだろう。

ただ商店街の雰囲気は活気に満ちていて、楽しい。それは外出をしなければ分からないものだった。また店主と楽しく話をしながら商品を選べるところが、華弥は好きだった。

「ただ今日ここに来たのは、目的がありまして。呉服屋で薄物の単衣《ひとえ》を誂えてもらおうと思っているのです」

「薄物の単衣ですか……」

「ええ。これからの時季に必要でしょう？」

単衣というのは、裏地のない一枚仕立ての着物のことだ。夏着物、なんて呼ばれたりもする。その中でもさらに薄手の絽《ろ》や紗《しゃ》という生地で誂えられたものは、薄物というのだ。

確かに夏本番には、薄物の単衣が欠かせないわ……。

特に美幸は北の人間なので、帝都の夏はより暑く感じるらしい。重要だ。

華弥がそう納得していると、目的地に到着する。それは、梅之宮家が贔屓《ひいき》にしているという呉服屋だった。

「いらっしゃいませ、梅景《うめかげ》様」

店主である女将《おかみ》は、斎の顔を見るや否やそう挨拶をする。その態度から、上客と認識されていることが分かった。

そんな女将は、華弥を見て微笑《ほほえ》む。

「まあ、噂《うわさ》の奥方様でいらっしゃいますね！　そのお着物もよくお似合いで！」

「あ、ありがとうございます」

「梅景様がお選びになったものなのですよ！」

知っています……。

というより、噂のというのはいったいどういうことなのだろうか。そう思ったが、女将が反物をどんどん出してきてしまい聞けなくなってしまう。

挙句、気がつけば草履を脱いで畳の間に上がり、次々と反物を当てられることになってしまった。

「この辺りは、最近流行《はや》りの柄ですね」

「ううん、もう少し淡い色のものはありませんか？」

「であればこちらはいかがでしょう？」

「……これはいいですね」

「こちらの単衣であれば、長襦袢《ながじゅばん》にこのような柄があるものをおすすめしておりますよ」

「なるほど。であればこちらも仕立ててください」

そんな調子で、単衣だけでなく長襦袢の生地まで選んだ斎に対し、華弥は困惑した。

「……あの、斎さん」

「なんですか？」

「……美幸様のお着物を選びに来たのではないのですか……？」

「そんなまさか。華弥さんの単衣ですよ」

絶句する華弥を黙らせるように、斎はにっこり笑う。

「美幸様はこだわりのお強い方なので、お召し物はご自分でお選びになりますし、柄を作ってもらうこともあります。僕が選んだところで簞笥《たんす》の肥やしになってしまいますよ」

「それは確かにそうかもしれませんが……もう十二分にいただいていると思うのです」

「華弥さんは梅之宮家の大切な髪結い師ですし、僕は貴女《あなた》の夫ですよ。どうか僕を甲斐《かい》性《しょう》なしにしないでください」

そうだそうだ、と言わんばかりの顔をした女将が後ろから援護をしてきて、華弥はそれ以上何も言えなくなってしまった。

肝心の斎は「やはり本人がいるほうが、柄選びがしやすいですね」なんて言っている。完全に楽しんでいる様子だ。

それを見た華弥は、むむっと口をへの字に曲げる。

「……だったら私も、斎さんの単衣をお選びしますからね！」

そんな流れでお互いの単衣の柄を選び合っていたら、お昼を過ぎていた。

満面の笑みを浮かべた女将に見送られた二人は、小腹が空いたということもあり喫茶店に寄ることにする。

ようやく人心地ついてから少しして、注文した品がおかれる。

華弥が頼んだのは、アイスクリームソーダだ。目が覚めるほど鮮やかな緑色をしたメロンソーダと、上に乗ったアイスクリン。そして赤いさくらんぼの取り合わせが美しい。いかにも夏らしい飲み物だと華弥は思っている。

その一方で斎は、意気揚々と色々なものを頼んでいた。

華弥が頼んだアイスクリームソーダから始まり、プリン、パンケーク、レモンチェリーなんてものもある。どうやら先日食べた桃のチェリーが気に入ったらしい。それに気づき、思わずふふ、と笑ってしまった。

「どうかなさいましたか？」

「いえ、本当に甘い物がお好きなのだなと思いまして」

「……そんなに見られると照れるのですが……」

「そうですか？　可愛《かわい》いのに……」

「か、かわ……」

斎が何やら複雑そうな顔をしているのを見て、華弥はまた笑う。そこでアイスクリンを口にすれば、火照った体がよい具合で冷めていく気がした。

何より、この優しい甘さが疲れた体に沁《し》みる。麦わらを使ってソーダを吸い込めば、口の中でぱちぱちと炭酸が弾《はじ》けた。

からんと、アイスクリームソーダの中に入った氷が音を立てる。

それを飲みながら夫がいつもより表情をやわらげて甘味を食べている姿を見て、華弥は少しばかり安心した。怪異事件の際にかなり動揺した様子だったので、体調がどうなのか心配だったのだ。

そう思った瞬間、斎の手の大きさや密着したときの感触を思い出してしまい、華弥の思考が止まる。

……またどうしてこんなときに思い出すの……！

内心そう叫びつつも、華弥は少なからず自分の感情を自覚し始めていた——

それから喫茶店を出た二人は、最後に使用人たちのためのお土産を買い込んだ。

あとは使用人が人力車と共に待ってくれている場所まで行けばいいのだが、ぶつんと嫌な音がして、華弥は危うく体勢を崩しかけた。

「わ……っ⁉」

「おっと」

咄嗟《とっさ》に斎が、華弥のことを抱き留める。

「大丈夫ですか？」

「は、はい……」

だが足元を見れば、草履の鼻緒が切れていた。これでは歩けそうにない。

そんなに傷んでいたのかしら……。

で軽く抱き上げる。

「ひゃっ!?」

「失礼。端に寄りましょう」

そう言うと、斎は鼻緒が切れてしまった草履をすくいあげてから道の端に寄る。そしてそっと華弥を下ろしてくれた。

「僕の膝に足を乗せてください。応急処置をしますので」

「は、はい」

「肩に手を置いてください、安定しますよ」

言われるがままに、片膝をつく彼の膝に足を乗せ、肩に手を置く。華弥がそうしている間に、斎は懐から手拭いを取り出すと、それを裂いて鼻緒を手早く直してくれた。

それを見下ろしながら、華弥は気づく。

……ああ、そっか。私は……斎さんのことは好きなんだけれど、彼に一線を引かれていることを知っているから、一歩踏み出せないでいるんだわ。

そう、好きだ。それはもう、自覚せざるを得ない。だってこんなにも、彼のことを意識してしまっているのだから。だけれど同時に、互いの現状を思うと苦い気持ちになる。

私は髪結い師だから、大切にしてもらっている。だけれどそれは……『家族』じゃない。

実際、華弥は梅之宮家で唯一、神の血を引いていない。華弥自身、今まで気にしたことはなかったが、そこには埋めることができない決定的な溝がある気がした。

何より、契約で始まった関係だ。斎がそれを望まなければ、華弥は気持ちの置き場を失《な》くしてしまう。大切な部分を隠されているから、彼の気持ちが本当なのかどうなのか、判断がつかずに困っているのだ。

それに拍車をかけているのは、怪異事件の折に狐《きつね》が化けたはる梅の存在だった。

今回だって、でぇとだなんて言って……からかっているだけなら、どうしようって。

はあ、と華弥は内心ため息をこぼす。それでも。

「……はい、できましたよ、華弥さん」

そう笑って草履をはかせてくれる彼の顔を見ていると、どうかこのままでいて欲しいと、このままでいたいと、そう思ってしまうのだ。

だってここでもし変にこじれてしまったときは、華弥は梅之宮家で生活すること自体が、苦しくなってしまうから。

そしてもし本当にどうにもならないくらいにこじれて、華弥が梅之宮家から出て行くなんていうことになったとき、そのときは、もう二度と斎たちと関われなくなってしまう。

華弥は確かに特異な力を持っているが、神族と関係ない一般人なのだから。

それにそうなったら……母の真意を探れない。

何より、斎が未《いま》だにはる梅のことを想《おも》っていることを知ったら……華弥は今までのようにはふるまえないだろう。

そう、これは醜い嫉妬だ。しかも故人への嫉妬なんて、なんてなんて無謀で浅はかな。

その上で、こんなときまで母の面影にすがっている自分の浅ましさを知り、華弥は内心自嘲する。

本当にもうどこまでも、自分勝手だ。

だから。

「……ありがとうございます、斎さん」

そう微笑み、華弥はとんと、足を下ろす。

貴方《あなた》の真意に決して触れないまま、どうかもうしばらくは、このままで。

そして華弥は、自覚した恋心をそっと押し殺したのだった——

五章　髪結い乙女、恋煩う

だいぶふっくらとしてきた月を見上げながら。

南之院志鶴《みなみのいんしづる》はバルコニーに出て一人、煙管《きせる》をくゆらせていた。

なぜこんな時間にバルコニーに出ているのかというと、ある物が到着するのを待っているからだ。

ゆらゆらと不規則な形を描き、宙をたゆたう煙と共に月を見上げていると、様々なことが思い起こされる。

歳《とし》を取ると特に、思い浮かぶのは若い頃、一番楽しかった頃のことだ。それは志鶴にとって、親友がまだ生きていたときである。

問題なのは、それ以外の記憶が色褪《いろあ》せて、楽しいという思いすら感じられなくなり、感情が丸ごと沈んでいくことだ。それは、現人神《あらひとがみ》にとって致命的だということを、志鶴は知っている。

だって志鶴は現人神であって、ただの神様ではないのだから。

人というのは、感情に左右される生き物である。そして感情があるからこそ、人だと言える。そして現人神も、感情を持っているからこそ人の形を保っていられるのだ。

だから現人神から感情が消えたとき、それはすなわち逝去を意味する。

人のいう寿命はとうに超えており、今更命に固執したりはしない。だが、やるべきことは残っているのだ。だからまだ死んだりはできない。

……歳を取ると本当に駄目ね。

そう思い、志鶴は煙と共にため息をこぼした。

だが最近は割と、楽しい日々を送っている。

それは、梅之宮《うめのみや》家と関わる機会ができたからだ。

北の族長のお気に入りだとは聞いていたが、なかなかに面白い。特に志鶴の興味を引いたのは、美幸《みゆき》、斎《いつき》、華弥《かや》の三人だった。

なんせこの三人は、『運命の赤い糸』というものを持っている。

誰しもが運命に選ばれるわけではないというのに、面白いことだ。

そして斎と華弥は、志鶴が今まで見たことがない形で赤い糸で繫《つな》がっている。

それなのに斎は華弥に誘いをかけようと必死だったし、華弥は仕事に熱心で恋とは無縁の様子だった。

怪異退治の際に見た二人は、恋愛関係を超えて夫婦のようにも見えたので、実際はどうか分からない。ただ『運命の相手』と言ってもああいう手合いを見るのは初めてだった志鶴にとって、それはとても新鮮だった。

『運命の赤い糸』で結ばれた人間たちは大抵、運命に翻弄されつつも必ず通じ合うことになる。だから最初から劇的な恋に落ちることが多い。

そしてそれは、北の族長と——志鶴の親友も、同様だった。

だからそういうことなく、徐々に距離を詰めていく様子の二人は、志鶴から見て珍しい部類に入る。それも含めて、例外なのかもしれないが。

美幸の相手は視界に入る範囲にはいないが、帝都にはいそうだった。きっといつか出会うことになるのだろう。

そしてそんな三人が同じ屋根の下で暮らしていると思うと、興味が尽きない。

また、志鶴の専属髪結い師である双子にも、華弥がどんな人物なのかを見ていて欲しいと言ったのだが、すっかり気に入っているらしく、それが余計に面白かった。

あの双子は志鶴の専属髪結い師という立場を巡って周囲と争っていたこともあり、他人にも自分にもとても厳しい。それ故に好き嫌いが激しいのだが、華弥のことはとても気にかけて面倒を見ていた。確かに真面目でなんでも吸収していく好奇心旺盛な性格をした華弥は、双子のお眼鏡に適《かな》うだけの存在なのだろう。

そう思うと、思い付きで梅之宮家にやってきたのは正しかったと言える。

まああの『運命の赤い糸』の強さからして、志鶴が運命に招かれたと言ったほうが正しいのだろうが。

「どんなに足掻《あが》いたとしても、あたくしが『運命を視《み》る』という使命から解放されるのは結局、死んだ後なのよね」

そう呟《つぶや》いたとき、空中にふわりと何かが舞った。それが二枚の鬼灯《ほおずき》の葉っぱであることを知り、志鶴はそっと手のひらを上に向ける。

すると、鬼灯の葉はまるで意思を持つかのように、ひらりと志鶴の手のひらに収まった。一見するとなんてことはないただの葉っぱだが、見る人が見ればその葉に、とんでもないくらいの妖力が込められていることが分かるだろう。これが、『鬼灯会《ほおずきかい》』に参加するための招待状だ。

それを見て、志鶴はにやりと唇を吊《つ》り上げる。

「さて。期待の新星たちはいったい、『鬼灯会』でどんなことをしてくださるのかしらね？」

口元に招待状を当てながら。志鶴はこれからのことを考えたのだった――

＊

斎とのでぇとを終えた翌日。

華弥は私室の文机《ふづくえ》の前に座り、書物を紐解《ひもと》いていた。

それは、琴葉《ことは》が持っていた『花言葉』に関しての本だ。以前、仕事の合間に購入した物である。華弥はそこにある『朝顔』のページを開いていた。

『朝顔の花言葉
愛情の絆《きずな》、私はあなたに絡みつく』

とても情熱的な花言葉に、彼女は額を文机に打ち付ける。ごつんと鈍い音がして頭に痛みが走ったが、混乱は収まりそうになかった。

……本当、らしくないわ。

そう、何もかもらしくない。いくら花言葉の本を購入したからといって、それを使って個人的なものを調べているのもらしくないし。

朝顔の花言葉を知り、少し嬉《うれ》しくなってしまった自分自身も、とてもらしくない。

……ましてや、斎さんも同じ気持ちでいてくれたらいいのに、なんて、そんなこと。

あるわけがないのに。

脳裏にちらりとはる梅《うめ》の存在がよぎる。

華弥は大きくため息をこぼしてから、ぱらぱらと別のページを開いた。そして最近見た着物の柄に使われていた花言葉をなんてことはなしに調べ始める。

『紫陽花《あじさい》の花言葉

移り気、辛抱強さ、無常』
これは、美幸が志鶴と初顔合わせをした際に着ていた着物だ。なんだか美幸らしさがあり、少し笑ってしまう。
『睡蓮《すいれん》の花言葉
清純な心、信仰、信頼、優しさ』
こちらは、志鶴が初顔合わせの際に来ていた着物の柄である。なんだかんだ、こちらも志鶴らしさがある気がした。
実際、南之院様はとてもお優しいわ。
それはそう、彼女の立場を考えれば、思わず疑いたくなってしまうほどの優しさだった。だが華弥個人としては、彼女の好意は純粋なものだと感じている。そしてそれが真実であってほしいとも思うのだ。
そして。
『夕顔の花言葉
夜の思い出、儚《はかな》い恋、魅惑の人』
これは、華弥が昨日斎とのでぇとの際に着た単衣《ひとえ》の柄にあったものだ。
斎との『夜の思い出』と言われて思い出すのは、やはり簪《かんざし》を贈ってもらったときと、櫛《くし》を贈ると共に彼の髪を梳《す》いてあげたときのことだ。

『簪を贈るのは、伴侶の特権ですから。特にそれが異性なら、なおさらです』

『ありがとうございます、華弥さん。今までいただいた贈り物の中で、一番嬉しいです』

そのときに見た斎の表情は、本当に嬉しそうだった。

今思えば、あれらの言葉も十分あからさまだった気がする。思い出してから恥ずかしくなっているのに、当時の自分はなぜもっと深く考えなかったのだろうか。過去の自分に少し説教をしてやりたくなる。

ただ。

「……儚い恋、魅惑の人……」

華弥は思わず、残りの夕顔の花言葉を呟いていた。

まず、『儚い恋』というのが今の華弥の心に的確に突き刺さる。正直、見なければよかったと思った。

その上で『魅惑の人』というのが、まったく自分にあっていなくて余計にへこむ。

大きくため息をこぼすと、襖《ふすま》の外から声がかけられた。

『華弥さん？　そろそろ外出する時間ですが……大丈夫ですか？』

え。

華弥は色々な意味で慌てた。

聞こえてきた声は、斎のものだ。その時点で花言葉の本を勢いよく閉じ、文机の引き出しにしまったのだが、同時に外出するという部分に顔を青くする。

そうじゃない、今日は南之院様のお宅に向かう日……！

「す、すみません！　少し、少し待っていてください……！」

別段、事前に何か準備をしなければならないことはなくなったが、それでも大切なことを忘れていたということもあり、華弥は急いで準備を整えた。

最後に梅と蝶《ちょう》の意匠の簪をいつも通り挿そうとして、思わず手が止まる。しかしとても大切なものだったので、華弥はぐっとせり上がってきた気持ちを胸の奥に押し込み、簪を挿した。

鏡台で自分の姿を確認してから、華弥は道具箱を持ち襖を開ける。

「遅れて申し訳ありません、斎さん。……行きましょうか」

そう言ったときの自分が上手《うま》く笑えていたのか、華弥には分からなかった。


南之院家、双子の仕事部屋にて。

無事に約束の時間に間に合った華弥は、ほっと胸を撫《な》で下ろしていた。

よかった、ご迷惑をおかけしないで……。

ここに来るまでの間、斎がどんな様子だったかとか、今は覚えていない。極力視界に入らないようにしていたし、彼も特に何も言わなかったから、きっと大丈夫であっただろうと華弥は判断した。

それに、仕事中に私生活、しかも自分の気持ちで振り回されているようではいけない。

そう思っていたのだが。

『華弥さん、本日は何かございましたか？』

そっくりの顔の二人に声を揃《そろ》えて聞かれ、華弥は言葉を詰まらせた。

ば、ばれている……。

同時に、そんなにもあからさまだったのかと落ち込んだ。仕事と私生活の切り替えはきちんとできているほうだと思っていたのにこれとは。

落ち込んでいるときの失敗というものは、さらに落ち込む要因になる。それもあり、華弥は狼狽《うろた》えてしまった。

「ええっと、その……」

しかし何と言ったらいいのか分からず、また尊敬する先生であり、専属髪結い師の先輩たちにこのような話をしていいものかと、華弥は悩む。

そんな華弥に、茜《あかね》は言った。

「華弥さん。わたしたちがなぜ双子で志鶴様にお仕えしているのか、分かりますか？」

ええっと……？

突如突拍子もないことを言われ、華弥は大いに戸惑う。だが「質問されたことに対しては、自分が今持ちうるだけの知識を使ってできる限り答えるようにする」という母の方針が染みついていた彼女は、頭の中から双子に関しての情報を引っ張り出した。

これは巴《ともえ》が、神族というものの特性について教えてくれたときの知識だ。

「双子というのは確か、術者の中でも特別で……個人個人で違うはずの神力の波長がまったく同じだと伺いました」

兄弟姉妹の中でもごく稀《まれ》に神力の波長が重なることがあるらしいが、ここでは必要のない知識なのでわざわざ言及しなくてもよいだろう。今二人は双子についての話をしているのだから。

そう華弥が頭の中で知識を整理していると、二人は頷《うなず》く。

『そうです』

「そして一柱の現人神に一人の髪結い師、というのが当たり前なのは、そのほうが現人神の持つ神力が安定するからだとも」

「よく勉強されていますね」

「あ、ありがとうございます……」

手放しに褒められた華弥は照れつつも、結論を口にした。

「ええっと、以上のことを踏まえ、お二人が双子なのは……もし片方に何かあった場合でも、問題なく南之院様にお仕えできるから、でしょうか……？」

そう言うと、二人は同じように笑みを浮かべる。

『その通りです』

当てられたことに、華弥は少なからず安堵《あんど》した。しかし二人はさらに続ける。

「ただここで言いたかったのはそういうことではなく」

「わたしたちも華弥さんと同じように悩み、時には仕事が上手くできなくなるくらい落ち込むことがある、と言いたかったのです」

「……え？」

『まあ、生徒がよかったのでとても真面目な答えが聞けましたが……』

わけが分からず目を瞬《しばたた》かせる華弥に、二人は咳払《せきばら》いをしてから言葉を続けた。

「そしてわたしたちは悩んだり落ち込んだりした際は、二人で愚痴を言い合い、」

「美味《おい》しいものを食べて気分転換をして、乗り切ります」

「時には周《あまね》に仕事を任せて休むこともあります」

「そのときは何も言いません、お互いに」

『だから華弥さん、華弥さんにもそんなときはあっていいのです』

励まされ、慰められている。華弥はそのことに気づいた。

同時に、なんて不器用な慰め方なのだろうと思う。

つまりお二人は……もし愚痴を言いたいのであればわたしたちに言いなさいって言って

くださっているのよね？

要約すると、恐らくそうだ。

少し理屈っぽく話すところは、二人の特徴なのだろうか。どちらにしても、少し面白い。

それもあり、華弥は思わず笑ってしまった。

「ありがとうございます、お二人共。……本当に本当に、ありがとうございます。ですが……今回は、一人で考えてみたいと思います」

それを聞いた二人は、顔を赤くしてから口を開く。

「そ、それならばいいのです」

「ええ、ええ！」

「……ふふ」

華弥が笑い声をあげると、二人は怒ったように言った。

「一人で考えるというなら、そのしけた顔はやめてくださいね！」

「そうです！　そして今日も今日とて、ビシバシいきますよ！」

「はい！　先生方！」

少しだけ軽くなった心を抱えながら。華弥は教本を開いたのだ。

＊

夏ほど、日が早く出る季節はない。そう、梅景斎《うめかげ》は思う。

というのも、彼は毎朝決まった時間に起きて稽古場で稽古をするのが日課となっているからだ。

梅之宮家の稽古場は、敷地《しきち》内の鬼門に設置された社から入れる異界に存在する。華族の家に似つかわしくないからと、現世《うつしょ》には造れなかったのだ。それでも異界を造ったのは、神族は少なからず武力を持ち得るからだ。

その中でも北の神族は武闘派が多いため、帝都であっても稽古場の存在は必須。そのため、専用の異界を造ったのである。

鍛錬の内容はその日によって違う。別の使用人がいれば組み手をしたり、摸擬《もぎ》戦をすることもあるが、今日は斎以外誰もいなかった。なので木刀を持ち素振りをすることにする。

斎は、自身が美幸にとっての刀であり盾であることを知っている。そのため、よっぽどのことがない限り鍛錬を休んだことはなかった。何より、鍛錬をしている際は無駄な雑念が削《そ》ぎ落とされるため、気持ちが落ち着く。

だから華弥と出かけ、南之院家へ向かった翌日も、彼はいつも通り訓練を始めたのだが。

木刀を振りながら、斎は釈然としない気持ちを抱え込んでいた。

というのもその原因は、二日前のでぇとで華弥に言われた言葉と、彼女の態度にある。

『いえ、本当に甘い物がお好きなのだなと思いまして』

『……そんなに見られると照れるのですが……』

『そうですか？　可愛《かわい》いのに……』

可愛い。

初めて言われた言葉に、斎は衝撃を受けた。同時に、完全に異性として見られていないのではないか？　と思い、色々な意味で焦る。

斎は、華弥のことを一人の女性として愛している。

だが、華弥にとって斎は「かっこいい男性」でなく「可愛い男性」のようだった。それは、これから華弥に秘密を打ち明けるのと同時に告白しようとしている身としては、なかなかに厳しい評価だったわけで。

それもあり、胸にもやもやとしたものがこみ上げてくる。

その上で更なる誤算は、華弥が心を開いてくれるどころか、逆に挙動不審になってしまったところだ。

最初のほうは、僕を異性として意識してくれているようだったのでいけると思ったのですが……。

だがその翌日に南之院家へ向かったときには、華弥はどことなく距離を感じるような笑みを浮かべていた。そのことも含め、斎は悶々《もんもん》とする。

もしかして、いささか早急すぎたのだろうか。いや、もう夫婦という立場である以上、きちんと行動で彼女への好意を伝えたのは、決して間違いではなかったはずだ。

そう思うものの、結果として失敗に終わっているのは間違いないわけで。

その事実が、斎の胸に重くのしかかる。

素振りをやめた斎は、額に浮かんだ汗を拭いながら、はあとため息をこぼす。

華弥には、静子《しずこ》さんのことで聞きたいことがあったのに……これでは聞きにくいですし。

というのも、再度忍《しのび》たちを使って静子のことを調査させたが、以前の調査結果以上のことは何も分からなかったのだ。

となると、華弥に頼み静子の遺品から情報を得ていくしかなくなる。だからその話も含めて、華弥とは一度話をしようと思っていたのだが。

でぇとに行く前にするべきだった、とか、今更言っても詮のない後悔がこみ上げてくる。

正直、鍛錬どころではない。

こう言ってはなんだが、斎がここまで調子を崩すのは滅多にないのだ。それこそ、彼が本当に血の繋《つな》がった家族だと思っている二人に関することだけ。そこに華弥が含まれることになったのは、いいことなのかどうなのか。

つまり、斎が華弥に翻弄されているのは今更、と言うべきか。

そのことに再度気づかされ、ますます手放すなんていう考えが浮かばなくなった。そんなときだった。

ひと気を感じ、斎は咄嗟《とっさ》に木刀を持った手をひねった。

カァンッ！

木と木がぶつかり合う鈍い音がする。木刀を受け止めた斎は一瞬押し負けそうになったが、すんでのところでなんとかこらえ、間合いを空けるべく大きく後ろに飛びのいた。

そして木刀を構えたまま、はあとため息をこぼす。

「おはようございます、師匠。朝から随分と過激なのでは？」

現れたのは、斎の師匠であり梅之宮家の料理長――晴信《はるのぶ》だった。

彼は木刀を下げると、にこりと笑う。

「おはようございます、斎さん。そう言う斎さんこそ、稽古場にいらっしゃるのに心ここにあらず、といったご様子ですが……」

「………」

ぐうの音も出ない。事実である。

「もしや、華弥さんと何かあったのですか？」

それどころか、斎が悩んでいる理由まで言い当てられてしまい、斎は肩を落とした。

本当に、師匠には昔から敵《かな》いませんね……。

晴信は、斎の武道における師匠だった。今の斎があるのもすべて彼のおかげだ。

また斎たちが本家の人間の力を借りずに帝都へ進出できたのも、晴信のおかげ——正しくは晴信を保護者とした上で、裏で北の族長が手を回してくれたおかげである。晴信は、北の族長の弟なのだから。

それもあり、斎は昔から晴信に頭が上がらない。そして美幸にとって晴信は、第二の父親といったところか。それくらい、血の繋がった両親よりもよくしてくれたのだから。

そんなわけで斎は、早々に白旗を上げる。

「ええ、まあ……」

「おやおや。この晴信に詳しくお聞かせいただけませんか？」

そう切り出され、斎は渋々昨日あったことを話す。すると、晴信はふむふむと頷きながら、笑った。

「斎さん。女性にとっての『可愛い』は、別に悪い意味ではございませんよ」

「……『可愛い』が、ですか？」

「ええ。兄上の奥方様も、よく兄上のことを『可愛い人』だと形容なさっておいででした」

斎は、自身の耳を疑う。

可愛い……？　あの北の族長を、可愛い……!?

可愛いとは真逆の、それはもう腹立たしいくらいの自信家で、天才肌の人なのだが、それを可愛いとはいったい。

北の族長には正室の他に側室もいるが、そんなことを言える女性がいただろうか、と斎は思わず色々と考え込んでしまう。それを面白そうに眺めながら、晴信は続けた。

「そのときに知ったのですが、女性にとっての『可愛い』というのは、『愛おしい』と同義なのだそうです」

「……愛おしい、ですか？」

「ええ。ですから華弥さんも別に、斎さんを異性として見ていないゆえに『可愛い』と形容したのではないと思いますよ」

それを受けて安心したが、だがなんとなくぎくしゃくした形で華弥とのお出かけが終わってしまったのは事実だ。

「……ですが華弥さんは、僕にあまり心を開いてくれていません」

それもあり、思わず本音をこぼすと、晴信は目を見開いた後に腹を抱えて笑い出した。

「ははは！　まさか斎さんからそのようなお言葉が伺えるとは……！」

「……そこまで笑うほどのことですか」

「ふふ、いいえ、まあ、はい」

「…………」

「まあまあ落ち着いてください。それに、ご自身の過去の行動を思い出してみてくださいよ。華弥さんと距離を置こうとなさっていたではありませんか。そんな斎さんが今度は距離の縮め方に悩んでいるので……思わず」

それを聞き、斎はぐっと唇を引き結んだ。

実際、斎は華弥と距離を置こうとしたことがある。それは自分の中にある感情を制御しきれず、彼女を傷つけてしまうかもしれないと考えたためだった。

ただそれを受けた華弥は距離を置くどころか、向こうから距離を縮めてきたが。

「わいが思うに、華弥さんは今、ご自身の立ち位置を理解されているからこそ、斎さんとの距離を測りかねているのだと思いますよ」

ひとしきり笑ってから、晴信はそう言った。斎は眉を寄せる。

「華弥さんの立ち位置、ですか？」

「ええ。――なんだかんだ、華弥さんには言えていないことがあるでしょう？」

それを受け、斎はぐっと喉を詰まらせた。

「それは……梅之宮家の性質上、致し方なく……」

「はい。そしてそのどうしようもない事情を、華弥さんご自身もきちんと把握されているのだと思います。でもだからこそ、彼女のほうから一歩踏み出すことができない」

「それはそうでしょう。もしうっかり駄目なものに触れてしまえば、ここは彼女にとって居心地の悪い場所になってしまいます。嫁いできた以上、それ相応の理由がない限り、彼女が出て行くことは難しい。なら、それだけは避けたいと思うのは普通ではありませんか？」

「………………」

晴信の言う通りだった。つまり。

「……僕が華弥にしたことは、逆に彼女を混乱させてしまったのですね」

そう斎が言えば、晴信は一つ頷《うなず》く。そして首を傾《かし》げた。

「であるならば、次に斎さんが取るべき行動は、なんでしょう？」

晴信の言葉を聞き、斎は目を閉じた。頭の中で様々な答えを巡らせ、そして一番大切なことを思い出す。

──そう。なんだかんだと言いながらも、斎は華弥に想《おも》いを打ち明けていないのだ。

「……華弥さんに、告白をする……でしょうか」

「そうですね。それが一番肝心かと」

「ですが……秘密を打ち明ける前に気持ちを伝えるのは、どうなのでしょうか」

晴信は微笑した。

「どちらが正しい、とはわいにも言えませんが……華弥さんが今最も欲しているものはどちらなのか。大切なのはそちらかと思いますよ」

斎はハッとした。

そうです。僕のことなどよりも、華弥さんが今どう思っていて、何を求めているのか。

それが大切で。

同時に、斎が秘密を打ち明けてから華弥に想いを伝えたいと思っていたのは、彼女に自分のすべてを受け入れて欲しいという想いが強かったからだった。

でも、そんなに一気に畳みかけたら、華弥は絶対に混乱してしまう。そこで斎が告白すれば、華弥はきっと頷かざるを得ない状況になってしまうだろう。

華弥のことを尊重したい。大切にしたい。でも――彼女が逃げられないようにもしたい。

だって彼女は、斎の運命の相手だから。

――運命で決められた相手なのだから、いいじゃないか。

そう耳元でもう一人の、狡猾《こうかつ》な自分が囁《ささや》いてくるのが聞こえる。

でも。だけれど。

――僕は、彼女という蝶《ちょう》が翅《はね》を休めることができる花になりたいのです。

華弥は蝶のような人だと、斎は思っている。だからこそ彼は、彼女に贈った簪《かんざし》の意匠に蝶と梅を選んだのだから。

であるならば、斎が出す答えは一つだった。

「……華弥さんに、想いを打ち明けようと思います」

斎がそう決意を口にすると、晴信は嬉《うれ》しそうに笑う。

「よい選択かと思います」

「……はい。ありがとうございます、師匠」

「ああ、ただ、華弥さんのほうの返事は、秘密を打ち明けるまで保留にして欲しいと伝えるのがよろしいかと」

「そうですね……」

それにもどかしさを感じてしまうのは、さすがにこらえ性がなさすぎるだろうか。そう思い苦笑していると、晴信は笑う。

「何、美幸様の夏休みはすぐきますよ」

「……そうですね」

「それに兄上も言っていたでしょう？『焦らず一つずつ積み上げろ』『目的と手段を見誤るな』と。なので今は、きちんと積み上げる必要がある時期、というだけですよ」

「分かっています」

「それに、今は面倒ごとを片付けるほうが重要ですしね」

それを聞き、斎は顔をしかめそうになり、なんとかこらえた。

本当に本家の人間は、百害あって一利なしの存在だな、と心の中で吐き捨てる。今回は特に色々な意味で邪魔だった。

晴信も、本家が仕掛けてこようとしている件については知っている。ただ基本的に、彼はこういった問題に手を出さない立場だった。

それは彼が料理番だというのもあるが――斎に何かあった際、美幸のことを守る最後の砦《とりで》であり、帝都のこの屋敷《やしき》を守る守護者だからだ。

ここは、本家からの干渉を避けるために用意した場所なのだから。

それでも疼《うず》く気持ちをこらえながら、斎は木刀を構えた。

「では師匠。お相手、お願いできますか？」

「もちろんです」

そう言うと、晴信も木刀を構えた。

二人は互いに間を計りながら、相手の動きに注力する。

頭の芯が冴《さ》え、呼吸の音さえ聞こえるくらい静まり返った状態でただ相対する。斎はこの瞬間が何より好きだった。

一つ、二つ。間。

そして――踏み込む。

カァンッ！

木刀同士がかち合う音が響き、斎はすっと目を細めた。手首をひねり、刃を滑らせながら絡め上げる。それを見越した晴信は後ろに下がった。彼の体勢が崩れたところで、斎は一歩踏み込み胴に一撃を叩《たた》き込む。

だがそれもあっさり防がれた。

それからも、お互いの攻防は続く。

そんな中、斎の脳裏に浮かんだのは志鶴の言葉だった。

『ねえ、梅景家のご当主。ご自分と奥方が運命の赤い糸で繋《つな》がった関係だったら、貴方《あなた》はお喜びになる？』

当初、斎はそれを聞いて喜んだ。だが今思うと、『運命』というものがどういうものなのかという疑問が湧いてくる。

だって、男女の仲は、お互いの感情が最も重要視されることだ。ならば結局、大切になってくるのはどれだけ言葉を交わし、思いを伝えるかである。そこに、強制力などありはしない。

であるならば、『運命の赤い糸』とはいったいなんなのだろうか。斎にはまったく分からない。

南之院様にお伺いすれば、それも聞き出せるのでしょうか？

そしてそれが分かれば、静子さんが残した謎の正体も分かるのでしょうか？

そう思いながら。

斎は木刀を振るったのだ。

＊

双子たちと話をしてから、華弥は悩んだ。とにかく悩んだ。

しかし結局、答えは一つだった。

同時に、それをどこで打ち明けようかとも思う。

できることならば……鬼灯会より前に斎さんと話し合いたいわ。

この行事は別に華弥が特別働くわけではなかったが、美幸にとってはとても大切な行事だ。それより後ろにすれば、華弥は自分でも取り返しのつかない失態を本番に犯してしまいそうな気がした。ならばその前に決着をつけたい。

そして鬼灯会までは残り一週間ほど。悩んでいる暇はない。

だから華弥は、結論を出した日の夜に、勝負に出ることにした。

「斎さん、今、お時間よろしいですか？」

斎の私室の襖《ふすま》の前で、華弥はそう言葉を発した。

普段よりも心なしか、声が震えている気がしてしまう。だが変に上ずるといったようなことはなくて、少しだけ安心した。

『どうぞ』

そして斎の声を聞いて、自分の心を落ち着かせる。

大丈夫……きちんと自分の気持ちを伝えましょう。

本音を伝えるのはいつだって恐ろしいけれど。だけれど、伝えなければ何も進まない。問題も解決しないのだ。

そう自分を奮い立たせ、華弥は襖を開いて入室した。

かくいう斎は、いつも通り向き合っていた文机《ふづくえ》から体ごとこちらに向けてくる。

「こんな時間に、どうかなさいましたか？」

そう笑う彼を見て、これから伝えることが本当にどうしようもなく悪いことな気がして、華弥の決心が揺らぐ。でも。

……それで今ある平穏な日々が崩れてしまわないほうが、私には大事なの。

ここにいたい、離れたくない。

そして離れないためには——どんな秘密だろうと見て見ぬふりをする。そう、決めたのだから。

華弥は口を開いた。

「その。一つ、お願いがあってきました」

「なんでしょう？」

「……思わせぶりな態度を取るのを、やめていただきたいんです」

言った、言ってしまった。

そう思うが、ここで止まるわけにはいかない。華弥は斎から何か言われる前に、と言葉を続ける。

「私たちの関係は、契約上のもの。そして梅之宮家としても、欲しいのは私の技術ですよね。なのでその延長で仲を深めるのはいいのですが……前回お出かけをしたときのようにこられると、困るのです」

「……それは」

「もちろん、斎さんに他意がないことも知っています。貴方が私を妻として扱ってくれていることも。ですが……あまり距離が近いと、勘違いしてしまうのです」

だから、どうかやめてください。

そう言い切り、華弥は深く呼吸をした。思っていた以上に急いで言葉を重ねたせいか、息切れしていた。最後のほうはほとんどかすれて、なんだか情けないことになっていた気がする。

でも、これでいい。

そもそも、最初の契約時にその辺りもきちんと決めなかったのがいけなかったのだ。

妻としてはこれ以上にないくらい、大切にしてもらっているわ。

でもそこに、気持ちまでも求めるのは欲張りだろう。きっと彼もそんなつもりはないはずだから。

──そう、思っていたのに。

「華弥さん。最初に、謝らせてください」

そう名を呼ぶ声は、想像以上に真剣なものだった。

彼は頭を下げる。

「僕の都合で貴女《あなた》を困惑させてしまい、申し訳ありませんでした」

「え、あ、いや、そ、の……っ？」

別に、怒っているわけではなかった。なのでそこまできちんと謝罪されると、逆に申し訳なくなってしまう。

華弥がわたわたと慌てていると、斎はすっと顔を上げた。そして華弥を真《ま》っ直《す》ぐとした目で見つめながら、告げる。

「ですが、勘違いではありません」

「……え？」

「僕は、華弥さんのことが好きです」

一瞬、何を言われているのか分からなくなってしまった。

だってまさかそんなこと、言われると思っていなかったから。

しかし冗談だと言うには、斎の瞳が真剣で、熱を帯びていて。感情を表に出すことがほとんどない彼がそんな目をするのかと。そしてそれを自分に向けてくれているのかと。そう思い、硬直する。

それもあり、華弥が盛大に混乱していると、斎はさらに畳みかけてくる。

「その、華弥さんが思っている以上に好きです。とても、愛しています」

「え、あ、その……っ!?」

華弥は焦り、だがはる梅のことを思い出して冷や水をかけられたような心地になった。

「……やめて!」

だから思わず、叫んでしまったのだ。

滅多に声を張り上げることとなんてない華弥の拒絶に、斎は目を見張る。

「……華弥さん……？」

「お願いです、そういう形の気遣いが……一番傷つくのです。ですから、やめてください。これ以上、私を惨めな気持ちにさせないでください……っ」

「それは、どういう……」

言うつもりなんてなかった。でも、耐えられなかった。だから。

「……だって斎さんは未《いま》だに、はる梅姐《ねえ》さんのことが忘れられないんですよね？」

そう、言った。言ってしまった。

そしてはる梅の名前を出すと、斎は顔色を変える。

「彼女は……っ」

「だって、狐《きつね》の怪異が化けるくらいですもの。斎さんとはる梅姐さんは恋人で、斎さんは未だに彼女のことが忘れられない……そうなのではないかと、私はあの日からずっと思っていました」

「それはっ、！」

「それに、先日斎さんが、花を持って花街へ向かうのも見ました。お墓参りに行かれたのですよね？」

「っ！……それ、は……っ」

斎が逡巡《しゅんじゅん》したのを見て、華弥は自分の予想が当たっていたことを悟る。ずきんと、胸が今まで以上に強く痛みを訴えた。

「……忘れられないのならいいのです。大切だった人を亡くす痛みも苦しみも、私も知っています」

「華弥さん、」

「ですが、ならばなおさら。そのような形で私のことを尊重してくださらなくていいのです。……私のことはそっとしておいてください、お願い、し、」

お願いします。

そう言って、華弥はこれ以上の対話を拒もうとした。なのに。

「――姉、なんです」

絞り出すような声と共に告げられた言葉を聞き、華弥は思わず顔を上げた。そうして見た斎の表情は、とても苦々しくて、それでいて今にも泣きそうで。動揺する。

その一方で斎は、泣き笑いのような笑みを浮かべて言った。

「はる梅……本名、睦美《むつみ》。それが彼女で……僕の姉です。ですから、恋人ではありません」

恋人ではない。

そのことに安堵《あんど》するよりも先に、華弥は戸惑ってしまった。

だって……姉だなんて。

今思えば、面影があるかもしれない。だが姉、それも神族が故郷からはるか遠くの帝都で、芸妓《げいぎ》として働いていたこと。その理由が分からなくて、ますます混乱してしまう。

華弥の混乱が見て取れたのか、斎はぎゅっと目をつむった。

「……華弥さんが混乱する理由は、分かります。ただ貴女もなんとなく察しているように……僕だけでなく、我が家には話せていない重大な秘密があるのです」

「それは……」

「ただそれを伝えるのを躊躇《ためら》っていたのは……それがとても醜くて、汚らわしい秘密だから。今この場ですべてをお伝えすると、僕たちが今まで積み上げてきたものを台無しにすることになるから……僕だけの感情で、その努力をふいにすることはできません」

斎は、自身の胸元に手を当てた。

「そして……この秘密を華弥さんに打ち明けられるのが、北の里に戻ったときでした。ですが僕が……少し焦ってしまったのです。……ですが。何より、この秘密を打ち明けて華弥さんが離れていってしまうことが怖かった。華弥さんの気持ちをまったく考えられていませんでした。貴女のほうがずっと、怖かったでしょうに」

「あ……」

それを聞き、華弥は自分の気持ちの置き場が分からなくなり、大いに取り乱したことを思い出した。

そう、怖い。居場所がなくなるのは、とても。

何より怖いのは。

……貴方《あなた》を、好きになってしまったから。

目が離せない人。一人にしておきたくない人。

そう思う心があるのに、もしこの関係が壊れたらそれすらできなくなるかもしれない。

それが怖くて、たまらなかった。

だから、はる梅のことを持ち出してまで線を引こうとしたのだ。なのに。

斎はその線をやすやすと越えてくる。

そのことに胸がいっぱいになっていると、斎が矢継ぎ早に告げた。

「そ、の！　返答は今でなくて構いません！　むしろ……僕の。僕たちの秘密を知ってからお答えいただけると」

「……そんなにも重大なのですか？」

「……はい。もしかしたら華弥さんが、我が家にいることを考え直すことになるかもしれない、と言える程度には」

それを聞き、華弥は首を傾《かし》げた。しかし斎がそこまで言うならば、今返答するのはやめておこうと思う。

……そんなふうにしなくとも、私の答えは変わらないと思うのだけれど。

そう思っていると、斎が困ったように笑みを浮かべる。

「……そしてその。華弥さんに一つお伝えしたいことがあるのですが……この流れで言ってもいいでしょうか……？」

お伝えしたいこと？

華弥は目を瞬《しばた》かせた。しかしわざわざこうして話を切り出したのだから、相当大切なことなのだろう。

それにここ最近、私のほうも斎さんにそっけなくしていたし……。

斎も、そういった空気を読める人だ。言いにくくて後回しになっていたとしても不思議ではない。そう思った華弥は、頷《うなず》く。

「どうぞ」

「……その。華弥さんと僕、二人に関係する新情報が発覚したので、静子さんの私物を借りたいのです」

抽象的な言い回しに、華弥はすっと目を細めた。そして首をひねる。

「その。私と斎さんに関係する新情報というのは、なんなのです？」

「…………」

斎は、盛大に目を逸《そ》らした。どうやら言いにくいことのようだ。

それでも華弥が無言で見つめ続けると、観念したのか口を開く。

「……前もって伝えておきます。この情報をくださったのは、南之院様です」

「南之院様が、ですか？」

「はい。そしてその情報と静子さんのことを関連付けたのは、あくまで推測だということも言っておきます」

どちらにせよ、予想外の人物からの新情報だ。そう思いつつ首を縦に振ると、斎は一つ深呼吸をしてから告げた。

「南之院様は、人と人の縁を見ることができる力を持つ現人神なのですが」

「はい」

「彼女が言うに、僕と華弥さんは『運命の赤い糸』で結ばれた関係、なのだそうです」

「……『運命の赤い糸』って……よく聞く、あれですか？」

「はい。想像しているもので相違ないかと……」

そこまで聞いてから、華弥は斎が言うのを躊躇った理由を悟った。

確かにこんな話を聞いたら、告白に肯定しろと言っているようなものだものね……。

彼らしい気遣いだ。同時に、そういうところが好きになった要因でもある。

それに華弥は、その話を聞く前に自身の気持ちを自覚したのだ。なので逆に少し嬉《うれ》しくなってしまい、なんとか気持ちをこらえる。

だ、だって……斎さんと違って私は一般人だもの。そんな平凡な私と神族の彼に縁があるなんて、嬉しいじゃない。

運命というものにさえ背中を押されたような気がして、別に悪い気はしない。ただそれを口にはせず、華弥は続きを促した。

「お話は分かりました。ですがそれと母の件が、いったいどう繋《つな》がるのでしょう？」

「……静子さんは、婚前契約が済んだときに仰《おっしゃ》ったのです。『……ああ、よかった……これで華弥は、何があっても幸せになれる』と」

「……母が、そんなことを……？」

にわかに信じがたいが、本当らしい。

斎自身も、それに違和感を覚えたそうだ。

「まるで僕と華弥さんが結婚をすれば、すべて丸く収まるというような。そんな口ぶりだったのを思い出して、おかしいと感じました」

「それは……確かに。むしろ母はそういった不用意なことを口にする人ではないです」

「ですよね。ただそこで、思ったのです。静子さんも『運命の赤い糸』が見える人だったら、そんな言い方をしても不思議ではないのではないか、と」

その推測を聞き、華弥は笑った。しかし上手《うま》く笑えている気がしなかった。

「つまり……母も、神族となんらかの繋がりがある、と……？」

「はい。ただ以前調査した結果によれば、それはありませんでした。だからもっと詳しく、彼女の交友関係を知りたいと思ったのです」

それが、「静子さんの私物を借りたい」という言葉に繋がるわけだ。

ずきずき。頭が痛む。色々な情報が一気に入ってきたためだ。

だが同時に、予感がする。母のことが知れると。知りたいと。それは華弥の当初の目的だった。

知りたい。けれど、知ったときに何かが変わってしまうのは、恐ろしい。……でも。

『……ああ、よかった……これで華弥は、何があっても幸せになれる』

静子は、斎にそう言ったという。

そして華弥の髪結いの師匠であり、静子の親友でもある路子《みちこ》から渡された手紙でも、静子はいつも華弥を可愛《かわい》がって自慢して、同時にとても心配していた。

だから。

もし母の目的が分かったとしても、そこに華弥を思う気持ちがあるのなら。ならば、華弥は如何《いか》なる真実が出ても耐えられると思った。そのため、斎の頼みを了承する。

「分かりました。母の私物を、斎さんにお渡しします」

「ありがとうございます。大切に管理します」

「はい。斎さんですもの、そこは信頼していますよ」

そう言い、笑い合う。それもなんだか久々な気がして、華弥はほっとした。

色々なことが押し寄せてきて、そのどれもが華弥の予想外のことばかりで困惑するが。

でも、こうして笑い合うことができるなら、耐えられる。

何より。

貴方の秘密を知りたい。知った上で、貴方と気持ちを通わせた状態で夫婦になりたい。

そう思う自分がいて、華弥はふうっと息をはき出した。

「斎さん、一つだけいいですか？」

「え。な、なんでしょう……？」

華弥が改まって言うのを、斎は少しばかり腰が引けた様子で待っていた。それがなんとなくおかしくて、彼女は笑いをこらえる。

それに別に、大したことではない。

「あんまり、一人で抱え込みすぎないでください」

そう。華弥が言いたかったのは、それだった。

だって斎が抱えたものがあまりにも、多かったから。

そしてきっと、華弥が思っている以上に様々なものを一人で背負い込んでいると。そう思ったから。だから。

「どうか、ひとりきりにならないでくださいね。斎さんのそばには絶対に、誰かがいますから」

「それは……」

「だって貴方が、そうなるまで頑張ったのですよね？」

華弥も、吉乃《よしの》や他の使用人たちから様々な話をかいつまんで聞いている。本家の人間と仲良くないこと、そしてそんな本家と付き合いながらも北の族長の手を借り、こうして帝都にまでやってきたことを。

その中心にいたのはいつだって、斎だったそうだ。

ならこの帝都にある梅之宮家のお屋敷《やしき》にいる人は皆、斎の助けになりたいと思っているはず。華弥だってそうなのだから、絶対にそうだと断言できた。

同時に、その中に自分もいると言えないことのもどかしさを感じる。

言ってしまおうかしら。何があってもそばにいると。

『運命の赤い糸』とやらも後押ししてくれているのだし、別にいいのではないかと思ってしまう。だが斎の気持ちを尊重することのほうが大事だろう。そう思い、華弥はそれ以上は言わないでおいた。

ただいつか、遠くない未来――北の里に行った後に、今日のように言える日が来ればいいと。それだけを願う。

そんな気持ちを込めて告げれば、斎は一瞬目を丸くした後、くしゃりと笑った。

まるで泣き笑いのような、そんな下手くそな笑みだった。

彼がまさかそんな顔をするとは思わず、華弥は固まる。だが。

「……ありがとうございます、華弥さん。貴女《あなた》のそんなところが、僕は……」

そう言い、斎の手が何かを求めるように彷徨《さまよ》った。しかし何を掴《つか》むこともなく、彼はぎゅっと拳を握る。

それを見てたまらなくなった華弥は、そっと手を伸ばした。そして斎のことを抱き締める。それにびくりと震えたが、彼は抵抗しようとはしなかった。

きれいな、ひと。

そして……不器用なひと。

華弥はそんな気持ちを抱く。

早く、貴方《あなた》の痛みも苦しみもすべて知って。そして少しでも分かち合うことができたら。

そんな本音をひた隠し、華弥はそっと斎の背中をさすったのだった。

六章　髪結い乙女、貢する

そうして、華弥《かや》と斎《いつき》の間に様々なことがありつつも。

――『鬼灯会《ほおずきかい》』にて献上するための美幸《みゆき》の組紐《くみひも》は、無事に完成した。

そして梅之宮《うめのみや》家はすべての懸念事項を解消させて、無事に『鬼灯会』当日を迎えることとなる。

『鬼灯会』の開催は、夜だ。会場がある幽世《かくりよ》へと向かうのは、ちょうど夕暮れ時である。

そのため梅之宮家が騒がしくなったのは、昼を過ぎてからだった。

というのも、幽世は常世《とこよ》と違って独特の霊力が強い場所らしい。それは現人神《あらひとがみ》の体に負担をかけるものなのだそうだ。神力と霊力は同質のようでいて、まったく違う性質を持つものらしい。そのため、まともな神族なら滅多なことがない限り進んで足を運ばない場所なのだそうだ。

そして今日は新月の夜。一番陰の気が強くなる日だ。念には念を入れておいて損はない。

そのため、幽世の霊力から受ける影響をできる限り抑えるために、美幸は朝から禊《みそぎ》として水浴びをし、昼過ぎには榊《さかき》の枝を体に当て……と様々な儀式に追われていたのだった。

華弥は、そんな美幸が幽世で調子を崩した際にすぐ対応できるよう、ついて行くことになっている。

こう考えると、専属髪結い師のお仕事って危険ととなり合わせよね。

つまりそれは、現人神にとってそれだけ大切で、必要不可欠な人材ということだ。

そのことを少しばかり嬉しく思いつつも、これからはもっと警戒心を強めていかなければ、と華弥は思う。

……美幸様のお支度をするまで、もう少し時間があるわね。

そう思った華弥は、仕事道具を片手に斎の部屋にやってきていた。

「斎さん、華弥です。今少しいいですか？」

『華弥さん？　どうぞ』

襖《ふすま》を開けば、不思議そうな顔をする斎がいる。珍しく、文机《ふづくえ》に向かうのではなく身支度を整えていた様子で、袴《はかま》姿だった。彼も今日の『鬼灯会』で護衛として、美幸のそばにつくからだ。

斎さんの袴姿は、いつ見ても綺麗《きれい》ね……。

その姿にどきりとしつつも、華弥は笑みと共に仕事道具を掲げる。

「斎さん。本日は、私に髪を整えさせてくれませんか？」

「え？」

「今日向かうのは幽世、ですから。事前に髪梳《す》きをしておけば、斎さんが体調を崩すことも減るのではないかなと」

現人神ほどではないが神族も、一般人より幽世の空気に当てられやすいらしい。そのため、念には念を入れておいて損はないと華弥は思う。

何より……斎さんが体調を崩したときのことを知っているから、心配だわ。

はる梅《うめ》に関する誤解は解けたが、あのときのことが華弥にとってかなり衝撃的だったことは依然変わっていない。

華弥が斎に何かと世話を焼きたがるのは、彼があまりにも我慢強すぎることもあった。

そんな気持ちが表情に出ていたのか、斎が眉を八の字にする。

「……そんな顔、なさらないでください。斎さんが無茶ばかりなさるのがいけないかと」

「それはそうですね……分かりました。でしたらお願いします」

そう言われ、華弥は表情を明るくする。そして背後に腰を下ろした。道具箱の中から彼専用の櫛《くし》を取り出す。

護衛任務で、斎さんが怪我《けが》をすることがありませんように。

彼が苦しむようなことが起きませんように。

そんな祈りを込めて梳《くしけず》り、いつも以上に丁寧に櫛を通す。そして、斎のために編んだ瑠璃色の組紐で髪を結んだ。

似合うのか不安だったが、想像よりもずっとしっくりきて華弥は満足する。

そして斎に声をかけた。

「斎さん、終わりましたよ」

「ありがとうございます。華弥さん」

「その組紐、私が作ったものなので。お守り代わりにしてください」

なんてことはない普通の会話の延長でさらっと言えば、斎がぽかーんとする。そして、再度自分の髪を見た。

「え、これを華弥さんが⁉」

「はい、美幸様と一緒に作ったのです。斎さんに似合うかなと思って選んだ色の糸でしたので、似合ってよかったです」

「……僕に似合う……」

「はい。まあ私は神族ではないので、神力を込めることはできませんから、本当に気休めのお守りですが……よければ使ってください」

本当に大したものではない。

ただ違いを挙げるとしたら、斎がつけたときのことを想像し、彼のことを考えて編んだくらいだろう。なので彼が今までくれた着物の代わりにもなりはしないのだが。

しかし、斎は瞳を輝かせ、いつになく嬉《うれ》しそうな表情をして華弥を見ている。

それがあどけない少年のように見えて、華弥はひどく動揺した。

か、かわいい……。

「ありがとうございます。大切にしますね！」

「いえ、そんな……あ、すっかり忘れていましたが、以前お借りした斎さんの髪紐《かみひも》もお返ししますね」

正直、お守りとして巻いていたときかなり心強かったため名残惜しかったが、借りていたものだ。そのため道具箱から出して手渡せば、斎は髪紐と華弥の顔を見比べる。

そして、にこりと微笑《ほほえ》んだ。

「でしたら、この髪紐と交換ということにしませんか？」

「え？」

「それに、華弥さんが僕の髪紐を身につけているのが見たいんです。お揃《そろ》いみたいでいいでしょう？」

「っ⁉」

不意打ちでそんな、明らかに気があることを言われてしまい、たじろいだ。

実際、告白はされている。なので何もおかしなことはないのだが、それでも斎の口から直接的な好意が伝わってくる言葉を聞くのは心臓に悪かった。顔が熱くなるのが分かる。

それを見てにんまりとした斎は、首を傾《かし》げた。

「お嫌でないなら、以前のように手首に巻いても？」

「は、はい……」

押し切られる形で頷《うなず》いてしまった華弥だが、斎が丁寧な手つきで巻いてくれるのを思わず見入ってしまうくらいには嬉しかった。何より、力が湧いてくる。

手首のそれを掲げた華弥は、ふわりと微笑んだ。

「……ありがとうございます、斎さん」

「こちらこそ、僕のためにありがとうございます」

「……お願いですから、以前のように体調を崩したりしないでくださいね」

そう言われた斎は、笑みを浮かべる。

「はい。……我が妻の仰せのままに」

その表情はどことなく、いつもよりも明るく気の抜けたふうに見えた――

それから美幸の髪を結って、着物を着せて。自分自身も着飾って、と動いていたら、約束の時間である夕暮れ時が迫っていた。

今日の美幸は、頭から爪先まで鬼灯《ほおずき》尽くしである。

髪飾りはもちろん鬼灯。ぶら下がる鬼灯の実を模した硝子《ガラス》細工でできていて、揺れるととても綺麗だ。髪もそれに合わせて揺れるほうが可愛《かわい》いと思ったので、編み込みつつ大きな三つ編みにしている。

着物は矢羽根柄に鬼灯が描かれたものである。矢絣《やがすり》同様、美幸が好んでいる柄だったので採用した。

帯にも鬼灯、そして黒猫が描かれている。帯留めはそれに合わせて黒瑪瑙《めのう》で作られた黒猫にした。全体的に橙色と黒白系統でまとめられていたので、帯揚げは敢《あ》えて緑系のものを使い調和を取っている。

どうして黒猫が今回の着物にいるのかというと、黒猫というのは魔除《まよ》けとしても使われているからだ。黒瑪瑙は厄除《やくよ》けにも使われる宝石なので、より効果は高まる。

また美幸はこまちを大変可愛がっているということもあり、猫の意匠の着物や帯、小物などを好んで集めている。それは今日という日にちょうどいい、ということになり、こうして鬼灯と猫で統一したのだった。

華弥も同じように鬼灯柄の着物を着ているし、準備は万全だ。

日暮れ前に人力車に乗り込んだ三人は、目的地に向かう。

そうして到着したのは、花街にある神社だった。

神社の周辺にはあらかじめ結界が張ってあり、万が一でも一般人が立ち入らないようにしている。また、華弥たちが幽世に行っている間、数名の使用人がここで待機してくれる手筈《てはず》となっていた。南之院《みなみのいん》家も同様なので、準備は万全だ。

そう。今回は以前常世に入ったときのように、花街の一角から幽世に入るのだ。それが、『鬼灯会』が開かれる会場に続く唯一の道である。

花街にくるのが久々な華弥は、なんだか感慨深い気持ちにさせられた。

というより、夜の花街に入るのは初めてかも……。

いつも髪を結いに行く際は昼だし、夜にこの町にいると夜鷹《よたか》と間違われたりして襲われることがあるため、入らないのだ。なので昼間はどこか重ったるい空気を醸し出しているここが、独特の雰囲気を発していることに気づいて、思わず目を細める。

そんな街並みを尻目に、華弥と美幸は一人供を連れて約束の場所に歩く。

すると、既に到着していた志鶴《しづる》と双子たちが、神社の境内で待機していた。

「こんばんは。いらっしゃい」

「ええ、南之院様。本日は招待してくださり、ありがとうございますわ」

「別に構わなくてよ。……そしてこれが通行証。落とさないようにしなさいね」

そうして渡されたのは、手のひらほどの大きさがある鬼灯の葉だった。

美幸はそれを懐にしまうと、華弥を見る。

「さ、行きましょうか。入り方は覚えている？」

「はい」

「ついたみたいね」

「はい」

梅之宮家の家紋が描かれた面布をつけながら、華弥は頷いた。

手順は、前回の春祭りで常世に入ったときとほぼ変わらない。

本殿の前で両手を合わせ、目をつむり柏手《かしわで》八回。これを一組として計四回行《おこ》なう。

唯一違うのは、最後の文言だ。

――パンッ。

志鶴たちと共に最後の柏手を終えた華弥は、口を開く。

「お狐様《きつね》、お狐様――どうかお通しくださいな」

くわん。音が鳴る。ああ、この感覚だ、と華弥はぎゅっと目をつむった。

――そして華弥たちは、『鬼灯会』の会場がある幽世へと通されたのだ。


無事に幽世へと移動した華弥は、その光景にただただ驚いていた。

『鬼灯会』。

それが、現世《うつしょ》における『鬼灯市《ほおずきいち》』と似て鬼灯に関係する催事だということは聞いていたが、まさかここまで華やかで活気があふれているとは思わなかったのだ。

幽世も常世と同じで、現世と地形は変わらない。

入口が花街にあることからも分かるように、街並みは一昔前の花街を彷彿《ほうふつ》とさせるものだ。ただ現世と違い、ここには大小様々な鳥居が不規則に立っている。それがちぐはぐな様子を見せていた。

『鬼灯会』の名にちなんでか、明かり代わりに狐火《きつねび》を仕込んだ鬼灯が軒先に吊《つ》るされ、淡く光る。同時に銅の風鈴も吊るされているからか、りん、りんという軽やかな音があちらこちらから聞こえた。

周囲は屋台であふれ、何やらおいしそうなものや珍しいものが売られている。そういった部分も同じだが、違いは見た目から完全に異形だと分かるモノたちが、店員をやっているところだろうか。

華弥が想像しているような、怪異譚《たん》に出てくるあやかしらしい姿のモノもいれば、見たことがないような、空恐ろしい見た目をしているモノもいる。

また格子張りの張り見世には、見目麗しい女性に変化した狐たちがけだるげに煙管《きせる》を吹いていた。

女性と言っても、耳と尻尾があるからすぐに元が狐だと分かる。

「あの狐たちは、人間の花街と違って、ああして張り見世に座りながら獲物を物色しているのよ」

そんな物騒なことを言うのは志鶴だ。彼女は現人神としての姿をしているためか、燃えるような赤い瞳をしていた。髪もどことなく赤みを帯びており、より妖艶で美しい。

そんな彼女からの言葉に華弥が思わずぎょっとしていると、その横に立っていた双子たちが怪訝《けげん》な表情をして言う。

「志鶴様、そんな言い方をして華弥さんを脅かさないでください」

「そうですよ。自分から近づかなければ、別に害はありませんから」

そう言い合う双子に同調するように、美幸は頷く。

「ええ、そうですわね。それに……現人神のモノに手を出そうとするほど、ここの狐たちも馬鹿ではないでしょうし」

にっこりと笑いながら、美幸は周囲に視線を送る。

すると、周囲の怪異たちが何やら視線を逸《そ》らした気がした。そもそも目があるかすら怪しいモノもいたが、心なしか体にかかる圧は少なくなったように思う。

すると、志鶴が呆《あき》れたように言った。

「もう、最近の若い子は血気盛んね……ほら、時間もないことだし、行くわよ」

「はい」

そうして一同は、花街の奥、いっとう立派な店構えをした建物の前にやってきた。

店の前まで来ると、入口に老女が立っている。美幸と志鶴は、その老女に鬼灯の葉を見せた。それを確認した老女は、一つ頷くと二人を見る。

「でしたら、献上品のご提出をお願いいたします」

その言葉に、動いたのは志鶴の護衛と斎だった。

二人は持ってきていた風呂敷《ふろしき》の中から桐《きり》箱を取り出し、老女に渡す。そして、蓋を開け、その中身も含めて確認をした彼女は、一つ頷いた。そして、何やら記号のようなものが描かれた札を二人に一つずつ手渡す。

「どうぞお通りください。案内のモノに添って、会場へどうぞ」

第一の試練である『心を込めた献上品』の提出があっさり済んでしまったことに拍子抜けしながらも、華弥たちは案内の狐に従って中へと足を踏み入れる。

内装は、よくある高級旅館のような造りをしていた。たくさんの部屋がいくつも広がっている。そうしていくつもの部屋を横切り通された大広間には——これでもかという量の鬼灯の鉢が置かれていた。

これが、本日の目的である『玻璃《はり》鬼灯《ほおずき》』なのね……。

名前を聞いたときからどんなものなのか気になっていたが、こうして実際に目の当たりにするとそれが霊草《れいそう》だということがよく分かった。だって現世で言う鬼灯とは色が違ったからだ。

形状は華弥が知っている鬼灯と変わらないが、色が違った。

青。まるで鬼火のように青い姿は、なんとも言えず恐ろしいのに、同時に美しくもある。

〝玻璃〟という名をつけるのにふさわしい美しさだった。

そんな実が、一つの鉢につきだいだい十個ほど生《な》っている。普通の鬼灯であればもっとたわわに実っている印象なので、きっとこれは霊草だからこその個数なのだろう。しかもこれは妖狐《ようこ》の中でも霊草作りを趣味としている『樟葉組《くずはぐみ》』のみが栽培方法を知るモノ。妖狐たちは毎夏こうして会を開き、集めた者たちにのみ鬼灯を売るのだ。

ただここで問題となるのが、第二の試練である『真贋《しんがん》を見抜くこと』である。

というのも、妖狐は他人を騙《だま》すのが好きなのだ。つまり。

「さて……今年はいったいどれくらいの〝ホンモノ〟があるのかしらね」

そう。この中の大半は、妖狐が作り出した偽物なのだ。

そして参加者はこの中から一つ、自分が〝ホンモノ〟だと思う鉢を選び、鉢の前に札をかける。そう、入口で老女が配っていたものがそれだ。記号で参加者のことを振り分けているらしい。

一つの鉢にかけられる札は一つだけ。

ただ厄介なのは、この中にある〝ホンモノ〟の数が、その年によって違うこと。そして大広間全体に置かれた鉢の数だった。

……こんなにも数がある中から本物を見つけ出すのは……至難の業だわ。

華弥が思わず息を呑《の》んでいると、志鶴は肩をすくめてみせる。

「さて、ここからは別行動をしましょう。結局のところ、運なのだし」

「この量ですからね」

「ええ」

志鶴と斎がそんなやりとりをする。

そして志鶴は最後にこう言った。

「鬼灯を選び終えたら、客間を借りなさいな。どうせ選出には時間がかかるわ、一度髪梳《す》きをして体調を整えることをお勧めします」

「ご配慮くださりありがとうございます、南之院様」

「ええ。……お互い、いい結果になることを祈っているわ」

そう言い、双子を連れて颯爽《さっそう》と立ち去る志鶴を見送ってから、華弥は二人を見た。

……美幸様は以前「大丈夫」と仰《おっしゃ》っていたけれど……この中から本物を見つけ出すだなんて、そんなの無理なんじゃ。

しかも、参加者は多いようで、既に札がかけられている鉢も多かった。これだとなおさら、〝ホンモノ〟を見抜くのは難しい。

そう心配しつつも、ここが幽世なので口をきけないでいると、美幸は一人、じいっと鬼灯を眺めていた。

そんな美幸を見て、斎が微笑《ほほえ》む。

「〝ホンモノ〟はありましたか？　美幸様」

「……いいえ」

挑戦的な斎の言葉にそう言い、美幸はずんずんと会場内を歩いた。そして彼女は持っていた札を近くの妖狐に手渡し「梅之宮はどれも選ばないわ」と告げた。そして身を翻す。

「客間を取りましょう」

そんな彼女の後ろについて行きながら。

華弥はいったいどういうことなのかと、困惑していた――

客間を取り、四隅に札を貼って簡易の結界を作った美幸たちは、そこでようやく口を開いた。

「本当にもう、狐って感じよね。〝ホンモノ〟を一つも置かないだなんて」

そう言い、腕を組みながらぷりぷりと怒る美幸を見つつ、華弥は首を傾《かし》げる。

「本物はなかったのですか？」

「ええ、そう。あれらすべて、妖狐が作った偽物よ」

思ってもみなかった言葉に目を白黒させていると、斎がそんな美幸をそっと窘《たしな》める。

「落ち着いてください、美幸様。結界を張っているからといっても、ここは幽世。そして『樟葉組』の領域の一つです。あまり声を大きくすると、聞こえてしまうかと」

「……ふん」

そんな美幸に、華弥は首を傾げた。

「美幸様はどうして、それがお分かりになるのですか？」

すると美幸は、なんてことはない顔をして言う。

「わたくしが、『真贋を見分ける目』を持った現人神だからよ」

現人神にはそれぞれ、何かしらの特技があるという。それは大本の現人神が持っている力、その一端を受け継いでいるという証拠だった。

そして美幸が言うに、彼女は『真偽を見分ける目』を持っているのだという。

「だから嘘《うそ》をついた人間はすべて『分かる』し、偽物は偽物だと『分かる』。そしてそれが、わたくしが第二の試練をあまり問題視していなかった理由よ」

「そんな力が……素晴らしいですね」

華弥が純粋に感心し、驚いていると、美幸はため息をこぼした。

「別に、すごく便利なものではないわ。地味だもの」

「そうでしょうか？」

「ええ。少なくとも、南之院様のように『人と人との縁を視《み》る目』よりは、効果が地味で頭を使わないといけないし、扱いが難しいもの。……それに、絶対的な力にはなり得ない」

どうやら、美幸は自身の能力をあまり重要視していないようだった。それは彼女の口ぶりだけじゃなく、表情からも見て取れる。

何か理由があるようだけれど……。

ただ、今華弥が聞いたところで答えてくれそうになかったし、こんな場所で聞くようなことでもないだろう。そう判断した華弥は、道具箱を広げた。

「まあまあ、落ち着いてください、美幸様。今、髪をお梳きしますから」

そう言って、髪飾りを外して櫛《くし》を通すと、なんだかいつもよりも硬く、絡んでいるような気がする。それを指先で感じ取った華弥は、ハッとした。

もしかしてこれが、神力が乱れたことによる変調……？

双子は、神力の具合は髪の具合に直接表れると教えてくれた。そしてそれは微妙な違いで、古くから神力の通った髪を扱った者でないと判断するのが難しいとも言っていたのだ。

なので華弥がそれを判別するのはもうしばらくかかるなと、残念に思っていたのだが。

……いえ、とにかく今は、この絡みを整えるのが大事よ。

そう思った華弥は、目の粗い櫛を取り出した。美幸の髪は細く真《ま》っ直《す》ぐしていてあまり絡んだことがないため、ここまで目の粗い櫛を使うのは初めてだ。しかし髪が絡んでしまった場合、いきなり目の細かい櫛を使うと髪を傷めてしまうことになる。それは髪結い師の常識だった。

そして今日持ってきたこれらは、双子の教えを受けた華弥が数日前から榊《さかき》の枝に当てて浄化したものである。

華弥からしてみたら普段使っているものと同じだが、双子の教えによると効果は段違いのはず。

そう信じ、華弥が櫛を通すと。

——するり。

……あ。

先ほど櫛を通したときにあった硬い感じがなくなり、櫛がすんなりと髪に通ったのだ。

そのときの感動たるや、言葉では言い表せない。

ただ、こんな場所で喜ぶことでもないだろう。そう思った華弥はぐっとこらえると、何回も櫛を替えていつも通り、髪を結っていく。

すべてを終えて元通りになったとき、心なしか美幸の表情が穏やかになっているように見えた。

「……すごいわ。先ほどまで、なんだかイライラしていたのに……そんな感情、どこかへ行ってしまったみたい」

「ほ、本当ですかっ？」

「ええ。華弥のおかげね。ありがとう！」

その瞬間、華弥は双子の教えに心の底から感謝した。

茜《あかね》先生、周《あまね》先生、色々なことを教えてくださりありがとうございます……！

そのおかげで、こうして主人の力になれた。それが何より嬉《うれ》しい。

そう思いにこにこ笑っていると、斎が微笑んだ。

「つまり先ほどまであんなにも怒っていらしたのは、神力が乱れていたからなのですね」

「それとこれとは話が別よ。だって誰が想像できるの？　あの中に一つも〝ホンモノ〟がないだなんて。意地が悪いにもほどがあるわ」

「それは確かに。ただ、妖狐らしいとも思いますよ」

「ふんっ」

「それに考えを変えれば、そうすることで実力もない欲深いモノが力をつけないようにしている、とも取れます。『樟葉組』は一応善良だとされる白狐《びゃっこ》の妖狐ですから、間違いでもないかと」

それを聞き、華弥は純粋に感心した。

「妖狐は、色によって性質が変わるのですか？」

「ええ。神の使いとされる妖狐はすべて白毛ですし、黒毛も瑞獣《ずいじゅう》などとされていますね。それ以外は修練を積んだ年月にも比例して格が決まるので、十把一絡げに判断することはできないかと」

「へえ」

「ただ一つの指標にはなりますね」

また一つ、人ではないモノに関して詳しくなった気がする。

そのことに密《ひそ》かに喜んでいると。

――からん！　からん！

大きな鈴の音が響き渡った。

それに、三人は顔を見合わせる。

「……いったい何かしら」

「僕が様子を見てきます」

そう言い、斎が立ち上がったが、同時に声がする。

『樟葉《くずは》様！　樟葉様！』

『樟葉様の、おなーりー！』

……樟葉？

それは確か、今回の主催者でもあり、『樟葉組』の筆頭でもある、妖狐の名前――

そう思った瞬間、華弥は慌てて面布をつけた。美幸と斎も簾戸《すど》を開けて廊下を見る。

すると廊下の奥から、多くの付き人を引き連れた一人の女性が優雅に歩いてくるのが見えた。

一目見て、華弥は「違う」と思う。

そう、違う。華弥が先ほどまで目にしていた妖狐《ようこ》たちとは、明らかに格が違う。

神族でもない華弥の目から見てもその違いが分かるほど、彼女はひどく美しかった。

白金の髪は独特の光沢を帯びて輝き、金色の吊《つ》り目がけだるげに遠くを見つめている。

白魚のような美しく透き通った肌、完璧だと言わざるを得ないほどの整った肢体。頭部からはピンと白い耳が、背後からは九本もの尻尾が生えているように見えた。

それを彩るのは、豪華絢爛《ごうかけんらん》な着物と打掛だ。

待って、あれって総刺繍《ししゅう》じゃ……。

『鬼灯会』だからだろう。鬼灯の柄が入った着物だったが、打掛の柄すべてが刺繍で描かれている。いったいあれだけでいくらするのかという代物だ。

それを引きずりながら、樟葉は大広間へと入っていく。

ただそれを見て一つだけ、華弥は残念な気持ちになった。

だって。

……髪を結っていらっしゃらない。

美しく艶《あで》やかな髪はそれだけで周囲の視線を奪うが、あの髪が美しく結われていたらもっとよかっただろうと、そう思ってしまうのだ。それは華弥が髪結い師だからだろうか。

ただ、主催者が来た以上、このまま客間に引っ込んでいることはできない。そのため、美幸たちも手早く部屋の片づけをしてから大広間に戻った。

すると、そこにはたくさんのモノたちが既に集まっている。

その波に呑《の》まれそうになり、斎が腕を引っ張ってくれた。

「華弥さん、こちらへ」

華弥はこくこくと頷《うなず》く。こういうとき、話せないというのはとてももどかしい。

ただ斎のおかげで、なんとか中の様子を見ることはできそうだった。

「……ふうん」

一身に注目を浴びている樟葉は、会場内の鬼灯を見てそう残念そうに言った。

そしてお付きの者たちを引き連れたまま、ぐるりと大広間を歩く。

その瞳は何かを探しているようで、それでいて何も映していないように見えた。

『樟葉様が会場内にいらっしゃるなんて珍しい……』

『基本的に、あの方がここに来られることなんてないのに……』

『あの方は気まぐれだからな、ここに来た理由なんてないんじゃないか？』

周囲からそんな声が聞こえてくる。どうやら、『鬼灯会』の参加者たちにとっても、樟葉の登場はとても珍しいことのようだった。

そんな樟葉が、ぽつりと呟《つぶや》く。

「……確かに、薫った気がしたのだが」

……薫る？

いったい何が薫ったのだろう。そう思い、首を傾《かし》げていたときだった。

樟葉の瞳が、大きく見開かれた。

そしてぱっと、彼女が華弥たちがいるほうを見る。

え？

華弥は目を瞬《しばたた》かせた。こちらにいったい何があるのだろう。

華弥が面布の下でそう驚いていると、樟葉はずんずんとこちらに向かって歩いてくる。

そしてこともあろうに、華弥たちの前で止まったのだ。

あまりのことに正確な判断ができないまま固まっていると、樟葉の手が伸びてくる。

――そうして触れたのは、斎の髪紐《かみひも》だった。

どういうことなのか分からずばくばくと鳴る心臓を必死になって宥《なだ》めていると、斎の髪紐を指先で弄んでいた樟葉がにやりと口角を持ち上げる。

「そなた、名は？」

「……梅景《うめかげ》斎、と申します」

「ふうん、そうか。梅之宮の。……梅之宮は確か、選ばなかったな」

独り言のように言ってから、樟葉は面白いと言わんばかりの目をして美幸を一瞥《いちべつ》する。

しかしすぐに斎に視線を戻した。

「して、これを作ったのは？」

斎はちらりと、華弥を見た。そして重たい口を開く。

「……わたしの、妻です」

「……となりの？」

「はい」

たったこれだけの短いやりとりにもかかわらず、体にかかる圧がすごい。

ただなんとか悲鳴を上げることなく耐えていれば、樟葉が艶やかに笑った。

「梅之宮。そなたらは妾《わらわ》と来い」

たったそれだけの言葉で、樟葉は身を翻して行ってしまった。三人は戸惑いながらもそれに続く。

そうして通されたのは、屋敷《やしき》の奥にある部屋だった。

明らかに華弥たちが先ほどまでいた客間とは違って、絢爛豪華《けんらんごうか》だ。中央には金の装飾が施された長椅子が置かれている。特別な人間の身を通す場所、といったふうだ。

樟葉はその椅子に座ると、にこりと微笑《ほほえ》んだ。

「さあ、座るといい。妾はそなたらと話がしたいだけだ」

「……失礼いたします」

美幸が向かいの椅子に腰かける中、華弥と斎はその背後で揃《そろ》って立つ。

その様子をつぶさに観察していた樟葉は、顎に手を当てた。

「知っておるか？　あの場で札を突き返したのは、そなたらだけだ」

「……あの場に真はないと。わたくしがそう判断しただけです。違いましたでしょうか？」

美幸が問うと、樟葉は笑みを深める。

「まさか。その通りだ、梅之宮の若き現人神」

そう言う声音は、ひどく愉《たの》しそうだった。

「そなたの『真贋《しんがん》を見分ける目』は、妾たち妖狐からしてみたら腹立たしいことこの上ないが、同時に妾たちが最も羨む目を持っているとも言えよう」

「もったいないお言葉にございます」

「それだけではない。そなたが捧《ささ》げた組紐《くみひも》……あれに込められた『愛』と『恋』は、こちらが焦げ付くほどの熱が込められていた。しばらく楽しめそうで、妾は嬉しいよ」

「……ありがとうございます」

美幸が礼儀正しく礼をする中、樟葉の視線が華弥に移る。

「それに……随分と腕の立つ髪結い師を持っているようだ。……その位置にいるのが惜しいほどの」

含みのある言い方に、華弥は内心首を傾げた。

すると、樟葉はとんとんと自身の髪を指し示す。

「そなた。妾にその実力を見せてはくれないか？」

一瞬、何を言われたのか分からなかった。

ただその言葉を理解していくうちに、華弥は焦る。

どうしましょう、こういうとき、なんて言ったら？

樟葉の髪を触りたいか否かと問われたら、間違いなく触りたいと思う。それくらい魅力のある髪だからだ。しかし華弥には特異な能力がある。『髪を通じて力を整える』というそれは、きっとここで行使すれば樟葉にばれてしまうだろう。それがばれていい相手なのか、そもそもそれが分からない。

そもそも、話していい立場ではない。それに、華弥がここで動くかどうかを決めるのは美幸だろう。

そう思い、彼女に視線を向けると、美幸が口を開いた。

「……彼女に危害を加えないと、お約束ください」

「もちろん。それにこれは余興だ、そう硬くなる必要はない」

そう言うと、樟葉は片手を持ち上げた。瞬間、背後から一人の妖狐が現れる。侍女らしきその女性の手にあったのは、幻想的なまでの美しさを誇る花だった。

「これは『冥蓮《めいれん》』と呼ばれる霊草《れいそう》の一つだ。そなた、これを使って妾の髪を結うがいい」

髪を飾るための道具も一通り用意してくれるらしい。侍女が一緒に置いて行った。

蓮《はす》、という名がついているだけあり、見た目は蓮そっくりだ。ただしその透き通るような花びらは見たこともないし、薫る甘いような澄んだ匂いは、決して嗅いだことがないものだった。なのにどこか懐かしさを覚えるのは不思議だ。

これを、髪飾りに……。

瞬間、華弥の脳裏に浮かんだのは——蝶《ちょう》だった。

華弥はこくりと頷くと、手早く道具箱を広げて櫛《くし》を手に取る。

そうして通した髪は、まるで雲に触れているかのように摑《つか》みどころがない感触だった。

そのことに驚いたが、気を抜くわけにはいかない。それに耳がこんな頭部の高い位置にある髪を梳《す》くのは初めてだ、それも含めて気をつけねば。

自分に言い聞かせつつ、華弥は様々な道具や簪《かんざし》……とにかくありったけのものと自分の技術を駆使して、樟葉の髪を結い上げた。

そうして最後に『冥蓮』を飾り付けると、華弥はふうっと息をはく。

色々と大変だったが、その分やりがいはあったし、満足いくものになった。

ただ問題は、樟葉がこれを喜んでくれるかだろう。そのため手鏡を手渡しつつどうだろうかと様子を窺《うかが》っていると、樟葉が口を開いた。

「……横兵庫《よこひょうご》か」

横兵庫。それは華弥が今回使った髷《まげ》の髪型についた名だ。

その髪型の特徴は、とにかく豪奢《ごうしゃ》な点である。

輪にした髷を蝶の翅《はね》のような形にしたこと、そして使う簪や笄《こうがい》の数もあり、とにかく華やかな見た目をしているのだ。最も豪華な本邦髪と言える。

角度を変えつつ髪型を眺めていた樟葉は、華弥を見た。

「どうしてこの髪型にしたのだ？」

話していいものか。そう思い美幸を見ると、彼女はそれを正確に読み取り樟葉に許可を取る。口をきいていいことになった華弥は、緊張しつつも口を開いた。

「……横兵庫にした理由は二つございます。一つ目は、『冥蓮』がとても華やかで美しい花だったことです。この花の美しさを引き立たせるならば、それ相応に豪奢な髪型でないと釣り合わないと考えました」

「なるほど。して、二つ目は」

「二つ目は……蓮だったからです」

「……何？」

樟葉が怪訝《けげん》な顔をして華弥を見上げる中、彼女ははっきりと言った。

「蓮には蝶が似合いますから」

横兵庫の特徴は、輪にした髷を扇や蝶の翅のように形作ることだ。だから華弥は今回、蝶を彷彿《ほうふつ》とさせるこの髪型が『冥蓮』に最もふさわしいと考えた。

これは理屈ではなく、自分の中にある確固たる印象としての意見だ。

蓮には蝶。華弥はそう思う。

それと同じくらい蝶が似合う花は——おそらく、彼岸花だろう。

どちらも、あの世とこの世の間に咲くとされる花だから。

ただ、それを理屈で語るのはいささか難しい。そのため、思わず断定口調になってしまったのだが。

ふ、と樟葉は笑った。

「そうか。……さすが、あわいの娘だな」

……え？

よく分からない言葉を言われ、華弥は戸惑った。そしてそれは美幸と斎も同様だ。

しかし彼女はそれ以上、説明する気はないらしい。満足そうな顔をして鏡を膝に置く。

「気に入った。そなたたちには褒美をやろう」

その顔に、最初に見たときのようなけだるげな空気はなく。

むしろ今後の状況を楽しむかのような。そんな期待のこもった目をしていた——

＊

そうして会場を後にし、無事に現世に戻った華弥たちの手には、『玻璃鬼灯』の鉢があった。……それも、二つも。

ここで問題になってくるのは、今回もらったのはそれだけでない点だろう。

そんな華弥たちを、入口付近で待ち受けていた存在がいる。志鶴たちだ。

華弥が持つ硝子《ガラス》の容器に入ったものを見て、志鶴は感嘆の声を上げた。

「やだ、それって『冥蓮』じゃない！」

「……南之院様はご存じですか？」

「もちろんよ！　冥界に咲くと言われている、強い浄化効果のある霊草だわ！　また、樟葉はとんでもないものを渡して……！」

改めて、とんでもないことになったことを悟った華弥は、なんだかぐったりと疲れてきた。できることならば今日はこのまま、気絶するように寝たい。

華弥がくたびれている一方で、美幸は志鶴を見て首を傾げた。

「南之院様は、『玻璃鬼灯』を手に入れられなかったのでしょうか？」

「見れば分かるじゃない」

ただその質問に対して、志鶴は特に気にしたふうもなかった。最初から『玻璃鬼灯』が目的ではない、そう言いたげな顔をしている。

志鶴は続けた。

「そもそも、あたくしはあそこととの縁を結び続けているだけで、霊草は運試しみたいなものなのよ。だから手に入れられなかったとしてもどうでもいいわ」

「……確かに、『樟葉組』の影響力を考えると、それをするだけの価値はありますものね」

「ええ」

「ですが、もしもらえるのであれば欲しいと。そう思いますでしょう？」

挑発的に告げる美幸に、志鶴は満面の笑みを返す。

「それはどういうことかしら、梅之宮様」

「そのままの意味です。……もしここでわたくしが一鉢譲ると言ったら、南之院様はいったいわたくしに何をくださいますか？」

瞬間、二柱の現人神の視線が交錯する。

ぴりりとした空気の中、先に口を開いたのは志鶴だった。

「……逆に伺いましょう。梅之宮様はいったい、何が欲しいのかしら？」

「そうですね……わたくしたちの望みを聞いてはいただけませんか？　今回尽力したのはわたくしたち三人ですので、三つ。そうすればこちらをお譲りしましょう」

「……欲張りだこと」

「ですが、それだけの価値があるものでもございますでしょう？」

美幸の攻めたやりとりに、華弥は冷や冷やする。しかし志鶴は終始楽しそうだった。

「そうね、その通りだわ――分かりました、その取引、乗りましょう」

そう言われた美幸は、手に持っていた鉢を志鶴に差し出した。彼女はそれを双子の片割れに渡すと、首を傾《かし》げる。

「それで？　梅之宮様がお望みになられることは、いったい何かしら？」

「わたくしからは、一つ質問に答えていただけたらと思います。単刀直入にお伺いさせていただきますわ。――わたくしたちにここまでよくしてくださったのは、いったいなぜなのでしょう？」

隠すことなく知りたいことを聞いた美幸に対し、志鶴は「あら、本当に容赦のない言葉ね」と笑う。しかし最初に会ったときのように、険悪な空気になることはなかった。逆に、志鶴はどことなく楽しそうだ。

「別に隠すことでもないから答えましょう。あたくしが梅之宮家に対して手を貸したのは、葵木《あおき》家のことがあったから」

「それはお伺いしました。お詫《わ》びだと」

「そうね、でも、それだけではないということよ。……あの件はあたくしとしても、とても助かったのよ」

志鶴は扇子を弄びながら、首を傾ける。

「神族の里は、程度の差こそあれどこも何らかの問題を抱えているもの。そして南の里は全体的に一族の中で物事が帰結していることもあって、他家への介入がしにくかったの。それが問題を起こしている家柄であっても、ね」

「……でも葵木家の一件から、それが変わったのですね」

「ええ、そう。それは南の里を預かる者として、とてもありがたいことだった。これで、全体的な教育と意識改革ができるもの」

そう言うと、志鶴は目を伏せた。

「……今の神族の主義思想は前時代的すぎる。それはいつか必ず、大きな災いを呼ぶわ」

「……仰《おっしゃ》る通りかと思います」

「ええ、そうね。北の里も大変そうだわ」

そう言うと、志鶴は閉じた扇子を自身の顎に当てる。そしてついっと、視線を横にいる斎にずらした。

「これで、一つ目の望みは叶《かな》えたわ。次は梅景さんかしら？」

斎はこくりと頷《うなず》いた。

「でしたら、僕からも一つ質問を」

「どうぞ」

「僕の質問は、『運命の赤い糸』についてです。──『運命の赤い糸』とはいったい、どういうものなのですか？」

「……抽象的な質問ね」

「申し訳ございません。ですが分からないからこそ、お伺いしたかったのです」

斎がそう言うと、志鶴は少し考えるようにして目を伏せる。だがそれもほんの少しだ。

彼女は微笑《ほほえ》むと、首を横に振った。

「あたくしなりの意見を述べることはできるけれど……それはあたくしの意見であって、貴方《あなた》が求める答えではないでしょう」

「……」

「ですから、別の助言をして差し上げましょう。──北の族長に聞きなさい。あの男にも、『運命の赤い糸』で結ばれた相手がいたから。だから当事者からの意見が聞けるでしょう」

「……結ばれた相手が、いた？」

「ええ、そう。もし言いたくないというならば、あたくしから事情を聞いたと言ってから、『借りを返せ』とでも言っておいて。そこまで言えば、きっと答えてくれるはずよ」

「……分かりました。ありがとうございます」

どうやら、斎はそれで満足したようだ。

そうすると、次は華弥の番なわけで。

まるで「それで？」とでも言いたげな視線が志鶴から向けられる。

そ、そう言われても……。

華弥は困ってしまった。だって美幸や斎のように、聞きたいことはおろか望みもない。

しかしここで望みがないと言えば、美幸がせっかく作ってくれた機会を逃すことになるだろう。それはとてももったいなかった。

なので懸命に考えた後、華弥は一つの答えを見出《みいだ》す。

それは――

「……次お会いするときまでに、取っておいても構いませんでしょうか？」

それは、そう。問題の先延ばしだ。……だってこれくらいしか思いつかなかったんですもの……！

それに、今困ったことがなかったとしても、今後困ったことが起きて助けが必要になるかもしれない。そのときに志鶴の手を借りられる機会を作っておけば、それは梅之宮家にとっての利益にもなるだろう。

あとは、この答えを志鶴が認めてくれるかどうかだ。

そう思い、緊張した面持ちで答えを待っていると、志鶴が一度目を丸くした後、ぷっと噴き出した。

「ふ、ふふ……まさかそんなことを言うだなんて……」

「……だめでしょうか？」

「いいえ……いいえ。その願い、受け入れましょう。……次お会いするときを楽しみにしているわ、華弥さん？」

そうしてすべてのやりとりを終えた梅之宮家と南之院家の双方は、帰宅する流れになる。

すると、帰り際に志鶴が振り返った。

「北の里ではこれから、面白いことが起きそうだと聞いたのだけれど、事実かしら」

それを聞いた美幸は、笑みを返した。

「面白いかどうかは知りませんが、騒がしくはなるかと思います」

「そう……まあ、お互いにほどほどにやっていきましょう。けれど」

貴方たちの成功を心から願っているわ。

その言葉に、嘘《うそ》偽りはない。傍らにいる華弥でさえ、それが分かる気がした。

「……ありがとうございます。南之院様」

美幸はそう微笑む。

そのやりとりを経て、それぞれの家門の者たちは、各々の帰路についたのだった。

＊

その日の夜。

南之院志鶴は、窓辺に置かれた青い鬼灯《ほおずき》を見つめながら、笑った。

何か起こしてくれるとは思っていたけれど……まさか『玻璃鬼灯』を手に入れることができるなんてね。

志鶴がこれを手に入れたのは、いつぶりだろうか。正直、期待していたわけではなかったため、まさかのものが手元に転がり込んできた気持ちだった。

これを手に入れられたのなら、南之院家としてはこれ以上にないくらいの借りが梅之宮家にできたと言える。

——そもそも、志鶴が梅之宮家を訪問したのは、葵木家の起こした一件に対してのお詫びと、お礼と、そして北の族長のお気に入りだという若者たちを見てみたいという好奇心からだった。

だが斎と華弥に対して親切にしたのは、南之院家の現人神に課せられた使命を全うするため。

そして。

彼らの間にある糸が、今まで見たことがないくらい太く、それでいてお互いの体に絡まり合いながらがんじがらめになっているのを目の当たりにしたからだった。

——南之院志鶴が現人神として覚醒したのは、五歳の頃だった。

その日からすべての光景が一変し、人と人との間に糸が視《み》えるようになった。

ただ勘違いされがちなのは、『赤い糸』が誰にでもあるということである。だから無邪気な人間はよく「自分の赤い糸の先には誰がいますか？」なんて聞いてくるのだ。

だがそれは間違いだ。『赤い糸』を持てるのは、特別な人間だけだから。

志鶴が『赤い糸』を持っていない一般人に対して縁結びの手伝いをする場合、関係が一番深そうな相手を視て助言しているだけだ。それは運命ではない。

それでも彼らが運命のような関係だと誤解してしまうのは、それが会ったことがない相手だったり、知らないと思っている相手だからだろう。

関係というのはそれだけではないのだけれどね。

関係というのは、意識的なものだけでなく、無意識のうちにも構築されていくものだ。志鶴はそれを選んで読んでいるだけ。

ただ『赤い糸』は、そんな関係の外でできるものだった。

だから志鶴にとって赤い糸というのは本当に特別で、そしてその特別性は家門にも伝わるものなのだ。

『もし赤い糸で結ばれた人間たちが視えたのであれば、助言してあげること。それが、南之院家の現人神に課せられた使命です』

それもあったから、幼い頃の志鶴は手当たり次第、赤い糸の持ち主を見つけては、その先にある相手との縁を結んであげていた。それが悪いことだとは思ったことがなかったし、むしろいいことをしていると思っていた。

だが志鶴がその在り方に疑問を抱く一件が起きる。

それは、志鶴が成人前に知り合い、そして最終的には親友と呼べるくらいまでの関係になった女性が持つ『赤い糸』だった。

今までにないくらい太く強固な繋《つな》がりがあることは、一目見て分かった。だから相手を必死になって探したのだが。

――その相手が、北の族長だったのだ。

正直、志鶴は彼のことが苦手だった。ありとあらゆることにおいての才覚を発揮した彼は、決して他人を理解しようとしなかったし、物心つく頃からそんなものを見せられてきた志鶴としても、自分よりもはるか高みにいる男のせいで持ち合わせていた誇りをずたずたに切り裂かれたことがあるからだ。

だから使命があったが、彼の赤い糸の先の相手を知ろうとはしなかった。

――だが二人は、志鶴が手を貸すまでもなく知り合ってしまったのだ。

そして二人はお互いに惹《ひ》かれ合った。あの北の族長など本当に骨抜きで、今まで志鶴が見てきた彼とは全然違っていた。本当に本人なのか、確かめたぐらいだ。

そして親友のほうも、そんな彼に惹かれつつもそばで支え、共に生きることを望んでいた。二人はまさしく、相思相愛だった。

それを応援する意味でも、使命を全うする意味でも、志鶴はほうぼうに手を尽くし二人が結婚できるように努力した。神族間の婚姻は、ないとは言わないが珍しいことで正直かなり苦戦したと言えよう。だがお互いの努力と志鶴の手助けもあり、親友は無事北の里に嫁ぐことになり。二人は婚姻することになったのだ。

だが。彼女はもう、どこにもいない。

……北の族長はまだ、生きているのに。

それが、志鶴が北の族長と仲が悪い一番の理由であり、同時に彼から目が離せない理由でもある。

そして――華弥と斎を気にかける理由でもあった。

志鶴は未《いま》だに、『運命の赤い糸』がどういうものなのか理解しきれていない。だが様々な縁を見ていくうちに気づいたのは、その糸を持つ者は『運命に選ばれた者たち』だということだった。

その中でも、糸が太ければ関係も深くなる。そして——世界を変えうるほどの使命を与えられるということでもあった。

これはあくまで推測に過ぎないが、確信がある。

『運命の赤い糸』で結ばれる者同士は、相当な宿痾《しゅくあ》を世界から背負わされた者たちだということを。

そしてどうして『運命の赤い糸』などで結ばされているのかというと、そうでないと互いに支えていけないからではないかと、志鶴は思うのだ。

その観点からいけば、華弥と斎は相当なものだ。あんなにがんじがらめになっている以上、彼らの身にこれから迫る使命は、並大抵のものではないだろう。

そしてもし、お互いがそれに対抗できなければ——二人のどちらかは世界の安寧の代償に、命を落とすことになる。志鶴はそれを既に知っていた。

だからこそ、志鶴は二人のことを応援したくなったのだ。

ただ二人の関係において一つ気になるのは、華弥の存在である。

「……あたくしの経験上、『運命の赤い糸』を持つ者同士は大抵、神族に連なる血統であることが多いのだけれど……」

だが彼女は、一般家庭で生まれた髪結い師の少女だという。それも、天涯孤独。

何か事情があるのかもしれない。そう思うものの、それを華弥自身も知らないようだった。となると、調べるのは至難の業である。

そしてそれよりも志鶴が気になっているのは、美幸の存在なのだ。

——彼女の糸の先が、消えかかっている。

こちらも、志鶴が初めて見るたぐいの現象だ。

だが消えかかっているということは、美幸のお相手が死にかけている可能性が高い。他の理由があるのかもしれないが、いかんせん初めてのことだったので予想ができなかった。

それを考えると、放ってはおけない。

そしてこの両方のうちどちらを優先させるのかと聞かれると、志鶴としては美幸の相手を探したかった。死んでからでは元も子もないからだ。

「……本当に、数奇なものね」

ここまでの運命を背負わされた者たちが、一堂に会するとは。

運命のいたずらとも言うべき采配に、志鶴は嘲笑《あざわら》う。それによって親友を喪《うしな》った彼女としては、そんなものに勝手に巻き込むなと思ってしまうからだ。

だが、回避できないのもまた事実で。

それならば、『人との縁を視る』現人神として。そして運命に親友を奪われた経験のある先達として。彼らを支えてやるのが、志鶴にできる最善だった。

「もしかしたらあの男も、似たものを感じ取ったのかも？」

だからこそ目をつけたのではないかと思うが、まあどうでもいい。

だってあの男はあの男なりに、あの件に対して反省と後悔をしているし。そしてそのために、様々な準備をしてあのときの罪を自分で贖《あがな》おうとしているのだから。それに対して文句を言えるのは、今は亡き親友くらいだった。

「……どちらにせよ、急がなくては」

きっとこれから先、この国が大きく変貌するような事件が起きるはずだ。そしてそれを防ぎ、振り払うために志鶴たちはいる。

それを、一般人には知られなくとも。否、知られてはならない大切なことだからこそ、やらなければならないのだ。

そう思いながら。

志鶴はつまんだ鬼灯の実を口に入れた――

終章

目的だった『玻璃鬼灯《はりほおずき》』も無事に手に入れられ、とうとう美幸《みゆき》の夏休みがやってきた。

この後にやってくるのは、北の里への帰省だ。

長い間帝都の屋敷《やしき》を空けるということもあり、梅之宮《うめのみや》家の使用人たちは様々な準備に追われた。

華弥《かや》も埃《ほこり》避けを使っていない部屋の家具にかけたり、全体的な掃除をしたり、と忙《せわ》しなく動く。

そんな中、軒先で一休みしていた華弥は、ふう、と息をはいた。そして懐から包み紙を取り出す。

そこに入っていたのは、先日獲得した『玻璃鬼灯』の実だった。

功労者だからって理由で一つ、いただいたのだけれど……正直、だいぶ持て余してしまっているのよね。

華弥は神族ではないため、神力を底上げする必要はない。だが一般人でも、『玻璃鬼灯』を食べると滋養強壮になり、寿命が延びるという。そのため、これの存在を知っている金持ちと取引をすれば、一生遊んで暮らせるだけの金銭を得ることだってできると言われた。

つまり美幸は、華弥が持つ個人財産の一つとして持たせてくれたのだろう。

ただ華弥としては、逆に荷が重い。

だから、部屋にしまっておくこともできず、今日もこうして持ち歩いているのだ。

取り出したそれを光に透かして見れば、やはりとても美しい。まるで海をそのまま凝縮したかのようだった。

青という色にもこれほど種類があるのかと思ってしまうくらい様々な青色のさざ波を立たせるそれは、まるで生命の源のようだ。

青い実はどことなく透き通っていて、光に反射してゆらゆらと揺れている。

どんな味なのか、興味はある。だがなおのこと、きちんととっておくべきだろう。

そう思い、懐に再度しまえば、庭からひょっこりと千代丸《ちよまる》が現れた。

『わん！』

そう吠《ほ》えながらふりふりとそれはもうちぎれんばかりの勢いで尻尾を振る千代丸を、華弥は撫《な》でる。そして袂《たもと》から千代丸用の櫛《くし》を取り出した。

もうすっかり、この作業も板についたものである。

そうして千代丸の毛並みを整えながら、華弥はぼそりと呟《つぶや》く。

「北の里に行ったら……どうなるのかしら」

普段であれば心の中だけで済ませていたが、今日ばかりは不安がこみ上げてきて、華弥は思わず口にしていた。

斎《いつき》が言うには、それはとても醜くて汚らわしいことなのだという。

でも華弥はそれも含めて知りたかったし、彼の力になりたかった。

だって多分、美幸様も斎さんも……今回北の里に帰ってから、何かするつもりなのよね。

そんな、決戦前の張りつめた空気が、屋敷内にはあった。

「……私はこのまま、梅之宮《こ》家《こ》にいられるのかしら」

誰に問うでもなく呟き、ふう、と息をはき出す。答えなど出るわけがないし、そんなものはなから求めていなかった。

だが自分の気持ちを整理するために、目をつむった。

ひりつくような太陽の光と、風鈴の音。そして蟬《せみ》の鳴き声。もうすっかり夏だ。

だが今年の夏はどんなものになるのか、まったく想像ができない。

期待と不安。

それらを抱えながら。華弥は北の里へ行く日を待ったのだ。

＊

北の里へ向かうには、一般的ではない方法を使った。

それは、常世《とこよ》を経由するというものだった。こうすることで移動時間が劇的に短縮できるうえに、人目を気にせずに済むため諸々が楽らしい。

それでも、北の里までの道のりは三日ほどかかった。

と言っても、それほどつらい道のりでもない。どちらかというと気になったのは、梅之宮家の人たちの醸し出す空気が段々と張り詰めていくのが、肌感覚で分かったことだった。

そんな中でも、皆華弥を気遣ってできる限り明るくしようとしているのが分かり、色々な意味で申し訳なくなる。

そうこうしているうちに、一同は北の里付近にある神社へと辿《たど》り着いた。

『梅神様《うめがみ》、梅神様――どうかお通しくださいな』

作法通りの流れでそう言えば、一気に視界が開ける――

そうして目の前に広がったのは、山と緑、そして水に囲まれた、集落だった。

「……無事、到着しましたね。華弥さんにも何もなかったようで、何よりです」

斎がそう言って、微笑《ほほえ》む。その表情は、普段と比べれば幾分か硬い。

そのとき、華弥は彼がこれから秘密を打ち明けてくるであろうことを悟った。

斎が口を開く。

「到着して早々で悪いのですが……ここでしか言えませんので。まず、僕はここで二つ、華弥さんに秘密を打ち明けます。一つ目は——僕と美幸が兄妹《きょうだい》だということです」

兄妹。そう言われ、驚くのと同時に妙に納得もしてしまう。だって二人には、血縁関係がある以上の絆《きずな》があるように思えたからだ。

だがもう一つ、秘密があるという。

そしてその秘密がなんなのか、華弥は推測できてしまった。

だって、二人が兄妹であることを隠していたということは、それって。

その予想に違《たが》わず。斎は華弥を見る。

「そしてもう一つの秘密は……僕も、梅之宮家の現人神《あらひとがみ》だということです」

斎がそう言うと、美幸以外の全員がその場で跪《ひざまず》く。

それに対し、彼が悲しげに微笑んでいるのが印象的だった。

「改めまして……北の里へようこそ、華弥さん」

——そうして、華弥にとっての長い夏が始まったのだ。

富士見Ｌ文庫

髪結《かみゆ》い乙女《おとめ》の嫁入《よめい》り 二
迎《むか》えに来《き》た旦那様《だんなさま》と、神様《かみさま》にお仕《つか》えします。

しきみ彰《あき》

2024年７月15日　初版発行

発行者　山下直久
発　行　株式会社 KADOKAWA
〒102-8177　東京都千代田区富士見2-13-3
電話　0570-002-301（ナビダイヤル）

印刷所　株式会社暁印刷
製本所　本間製本株式会社
装丁者　西村弘美

定価はカバーに表示してあります。　◇◇◇

●お問い合わせ
https://www.kadokawa.co.jp/（「お問い合わせ」へお進みください）
※内容によっては、お答えできない場合があります。
※サポートは日本国内のみとさせていただきます。
※Japanese text only

ISBN 978-4-04-075219-8 C0193